CLÁSICOS DE BOLSILLO

CHESTERTON, DEFOE
Y OTROS

Cuentos ingleses de misterio

Traducción, compilación y prólogo:

Ramón D. Tarruella

longseller

Cuentos ingleses de misterio

Traducción: Ramón D. Tarruella
Tapa: Javier Saboredo
Corrección: Delia N. Arrizabalaga
Diagramación: Prema

ERREPAR S.A.
Avenida Corrientes 1752 - (1042) Buenos Aires
República Argentina
Internet: www.errepar.com
E-mail: libros@errepar.com

ISBN 950-739-892-9

Queda hecho el depósito que marca la ley 11723
Impreso y hecho en la Argentina
Printed in Argentina

Esta edición se terminó de imprimir en los
talleres de Errepar, en Buenos Aires, República Argentina,
en el mes de agosto de 2000.

Prólogo

La llegada al trono de la reina Victoria coincidió con una etapa de hegemonía económica de Inglaterra en todo el mundo. El carácter austero y firme de la reina no acompañaba los valores culturales con que se la concebía a la mujer de esa época. La moral del hombre iba de la mano del respeto por las instituciones, la religión y las buenas costumbres de las clases altas. La mujer tenía casi como única tarea mantener en orden y unida a la familia. Los valores victorianos intentaron educar a la sociedad inglesa y mostrarse ejemplar ante el mundo, también en la vida cotidiana.

En ese contexto cultural del siglo XIX, la novela se consagró como género literario en toda Europa. Los escritores de esa época solían tener una vasta producción literaria.

Los clásicos del siglo XIX, como Fedor Dostoievski, Charles Dickens, Honoré de Balzac, Stendhal, eran autores de decenas de novelas. Cada uno, a su manera y en sus escenarios de origen, describía la sociedad en la que le tocaba vivir. Lo común a todos esos escritores es el poder de observación sobre los cambios que el mundo del siglo XIX acarreaba.

Desde las primeras décadas del siglo XIX se escribieron novelas de diferentes estilos. Apareció la novela gótica, como la de Horace Walpole, con cierta nostalgia del pasado y de la vida rural. Pariente de lo gótico, por su mirada benévola hacia las formas de vida del pasado, también se incursionó en el género romántico, dejando rastros más hallables en la poesía, como Lord Byron o Coleridge. Otras variaciones del género fueron las obras sentimentales y feministas, como las de las hermanas Brönte o las de Jane Austen. Las populares novelas de Dickens no apostaron a levantar suspiros femeninos ni mantuvieron la mirada nostalgiosa sobre el pasado. Adoptaron un realismo crítico frente a las formas de trabajo, animándose incluso a recrear los mundos de las clases bajas. De la mano de este realismo también se consolidaron las historias policiales, con la aparición de Wilkie Collins.

Fue un siglo donde se escribía mucho y sobre temas variados. Estos escritores clásicos no sólo se dedicaron a las novelas. También escribieron ensayos, obras de teatro, artículos periodísticos. El cuento fue un género al que se acercaron sin el mismo reconocimiento que obtuvieron en la novelística. Por ejemplo, a Dickens o a Dostoievski se los recuerda más por sus novelas que por sus excelentes cuentos.

La aparición del cuento

A fines del siglo XIX, el relato breve comenzó a pelearle el protagonismo que antes tenía la novela. Este reconocimiento, que comenzó a ganarse de a poco, se consagró en las primeras décadas del siglo XX. Muchos fueron los autores que supieron consagrar el cuento como un clásico de la literatura. Por ejemplo, los ingleses Oscar Wilde, Katherine Mansfield, Joseph Conrad, Saki o Robert Stevenson. O norteamericanos como Ambrose Bierce, Jack London, Herman Melville o Henry James. Fue tal la importancia del relato breve, que muchos autores fueron reconocidos más por sus cuentos que por sus novelas (G. K. Chesterton, Arthur Conan Doyle, Henry James). Incluso algunos autores sólo se dedicaron a escribir cuentos (el francés Guy de Maupassant o el mencionado fabulista Ambrose Bierce).

En Inglaterra, la consagración del cuento demoró más que en otros países europeos. En Rusia, por ejemplo, cuentistas como Turgueniev o Anton Chejov ya eran populares escritores. En Inglaterra, a Anton

Chejov, por ejemplo, se lo comenzó a leer con frecuencia recién a partir de 1916.

A pesar de que en el siglo XIX el dominio total correspondió a la novela, los ingleses tuvieron un antecedente fundamental en los relatos breves. A finales del siglo XIV fueron famosos los *Cuentos de Canterbury* de Geoffrey Chaucer, relatos rurales que describían la vida de las Cortes en la Edad Media. En las últimas dos décadas del siglo XIX, Inglaterra retomó esa tradición por los relatos breves. Y su consolidación se produjo en las dos primeras décadas del siglo XX.

El misterio ocupó un lugar privilegiado en las temáticas de estos cuentos ingleses, si bien los antecedentes de las historias de intriga se encontraban en las novelas de Wilkie Collins, en las obras de terror de Bram Stocker, Adam Shelley u Horace Walpole. El misterio creció como género, junto al desarrollo de los relatos policiales y de fantasmas. En algunos de estos cuentos se conocieron detectives célebres, como Sherlock Holmes creado por Conan Doyle o el Padre Brown de Chesterton. Estos dos personajes representaron fielmente el cuento policial de estilo inglés, en donde la resolución de los casos era resultado de deducciones matemáticas y racionales. Estos detectives nunca exponían su vida al peligro, todo lo resolvían en un cuarto, usando el cerebro y no las armas. Cada detalle encontrado, por más insignificante que pareciese, servía para resolver el caso.

Los cuentos

En esta selección se incluyen dos cuentos que llevan el sello del género policial inglés, uno de Chesterton y otro de Conan Doyle. Si bien el de Chesterton tiene como protagonista al Padre Brown, el de Conan Doyle respeta las leyes de los relatos de misterio, pero no aparecen su célebre detective Sherlock Holmes ni su fiel amigo Watson. En el caso del relato del Padre Brown, el final se parece más a una parodia del género, donde las deducciones racionales del Padre Brown le restan ese clima policial con que comienza la historia. En el cuento de Conan Doyle, el misterio se mezcla con el uso de la psicología vinculada con la biología. El estudio científico de los sueños permite salvar al protagonista, de un trauma que le quitaba el sueño.

Ya es clásica la delicadeza con que se catalogó siempre el humor de los ingleses. Y fue uno de los elementos que la literatura inglesa utilizó con tanta exquisitez. En el cuento de Saki, se puede apreciar la gran destreza del uso del humor y el misterio en un mismo relato.

El cuento de Wilkie Collins tiene la escritura detallada y paciente propia de las novelas del siglo XIX, con personajes tan interesantes como conflictivos, que terminan involucrados en un final policial.

Se incluyen también dos cuentos de fantasmas, que tanto han aportado al desarrollo del misterio en cuentos y novelas. Uno de ellos es de Daniel Defoe, escrito a fines del siglo XVIII, quien fue uno de los primeros en crear relatos sobre fantasmas y piratas. El relato de Defoe se podría tomar como una transición entre los relatos con escenarios rurales, tan alejados de las ciudades industriales y cubiertos por un clima sobrenatural, y las historias que se desarrollaron en las urbes, donde la racionalidad era el principal elemento para resolver los casos. El otro relato fue escrito en las primeras décadas del siglo XX, pertenece a Catherine Wells y conjuga cierta ingenuidad infantil y femenina con un final cargado de misterio.

El relato de Thomas Hardy sirve para demostrar que el gran escritor inglés supo incursionar en los cuentos con el mismo talento con el que ha construido sus novelas. El escenario elegido es el campo, como la mayoría de sus obras, con tres personajes que irrumpen en una tranquila reunión de los habitantes del pueblo. Ciertos rasgos extraños de estos tres hombres no dejan de inquietar a los pueblerinos, quienes finalmente se ven implicados en una persecución por los alrededores del lugar.

—Ramón D. Tarruella

Daniel Defoe

Hasta 1715 Defoe dedicó todas sus energías a la política y al periodismo. Sus publicaciones periodísticas fueron los medios por los que hizo conocer sus ideas liberales y reformistas, en una sociedad que se resistía a los cambios que se precipitaban. Cuando estuvo preso, acusado por unos panfletos que atacaban a la Iglesia, editó un periódico de amplia difusión, donde reclamaba la libertad de opinión para todos los ingleses. Esta publicación,

"Review", *continuó hasta 1713. Dos años después, defraudado por los compañeros que lo rodeaban, se alejó de la política para dedicarse a la literatura.*

Su inclinación a la literatura tuvo un éxito inmediato. En 1719 publicó su obra más importante: Robinson Crusoe. *Esta obra reunía la observación periodística, ciertos rasgos de biografía y el típico relato de viajes. Su experiencia periodística estuvo presente en cada una de sus obras de ficción. En sus relatos de fantasmas, piratas y viajeros fortuitos se repitió esa observación minuciosa. En el caso de* Robinson Crusoe, *había una defensa de la civilización occidental frente a la cultura de las tierras vírgenes a donde arriba el protagonista de la novela. La llegada de Crusoe a la isla, situada en las costas del río Orinoco, significó el triunfo de los valores occidentales frente al retraso cultural con que describía a los habitantes indios.*

El relato que se presenta en esta selección es uno de sus cuentos breves que mezclaron la fantasía y el misterio, en los escenarios rura-

les de Inglaterra. Defoe recorrió estos territorios cuando fue diplomático del rey Guillermo, antes de dedicarse a la literatura.

La fama de Daniel Defoe recorría Europa a mediados del siglo XVIII, junto con las traducciones a diferentes idiomas de Robinson Crusoe. *En 1731, poco tiempo después de que Defoe terminó de preparar la primera edición de sus* Obras Completas, *falleció en Londres. En esa misma ciudad fue donde nació, en 1661.*

El espectro y el salteador de caminos

Cuenta la historia que Hind, aquel famoso asaltante y proscripto, el más renombrado desde Robin Hood, encontró un espectro en el camino de un lugar llamado Stangatehole, en Huntingdonshire, donde él acostumbraba cometer sus robos y era famoso desde entonces por sus muchos asaltos.

El espectro se apareció con el traje de un simple ganadero de la zona. Y, como el diablo, como pueden suponer, conocía muy bien los refugios y escondites que Hind frecuentaba, vino a la posada y, habiendo tomado cuarto, puso en lugar seguro su caballo y ordenó al posadero que le llevara su maleta, que era muy pesada, a su cuarto. Cuando estuvo en ella abrió el equipaje, tomó el dinero, que estaba distribuido en pequeños envoltorios y colocó todo en más de dos bolsas que tendrían igual peso a cada lado del caballo y las hizo tan evidentes como le fue posible.

Las casas que alojan bandidos están pocas veces libres de espías que les proporcionan debida relación de lo que pasa.

Hind recibió noticias del dinero, vio al hombre, vio el caballo al que sabía que volvería a ver; averiguó qué camino seguiría; lo encontró en Stangate-hole, justo en el valle entre las dos colinas y lo detuvo diciéndole que debía entregarle la bolsa.

Cuando habló de la plata, el ganadero fingió sorprenderse, mostró pánico, tembló y atemorizado y con un tono miserable dijo: "¡Como puedes ver yo sólo soy un pobre hombre! Por cierto, señor, no tengo dinero."
(Ahí mostró el diablo que podía decir la verdad cuando se presentaba la ocasión.)

"¡Ah, perro!" —dijo él— "¿No tienes dinero? Vamos, aparta tu capa y dame las dos bolsas, esas que están a cada lado de la silla. ¡Qué! ¿No tienes dinero y sin embargo tus bolsas son demasiado pesadas para ponerlas de un solo lado? ¡Vamos, termina o te cortaré en pedazos en este mismo momento!"

(Aquí se puso fuera de sí, y lo amenazó de la peor manera que pudo.)

Bien, el pobre diablo lloraba y le decía que debía estar equivocado; que lo había tomado por otro hombre, seguro, porque realmente él no tenía dinero.

"¡Vamos, vamos!"—dijo Hind— "¡Ven conmigo!" Entonces tomó el caballo por la rienda y lo sacó fuera del sendero, hacia el bosque, que es muy oscuro en aquel lugar, porque el negocio era demasiado largo para quedarse en el camino durante todo el tiempo que durara.

Cuando estuvo en el bosque, "¡Vamos, señor ganadero" —ordenó—, "desmonta y dame las bolsas al instante!". En suma, hizo bajar al pobre hombre, le cortó las riendas y la cincha y abrió la alforja donde encontró las dos bolsas.

"Muy bien" —dijo— "aquí están y tan pesadas como antes". Las arrojó al suelo, las cortó para abrirlas; en una encontró una cuerda y en la otra una pieza de latón maciza con la forma exacta de una horca. Y el ganadero, detrás de él exclamó: "He aquí tu destino, Hind. ¡Ten cuidado!"

Si él se sorprendió por lo que encontró en las bolsas —pues no había ni un cuarto de penique en la alforja donde estaba la cuerda— más se sorprendió cuando oyó al ganadero llamarlo por su nombre, y se volvió para matarlo porque creyó que lo había reconocido. Pero se quedó sin aliento y sin vida cuando, volviéndose (como ya dije) para matar al hombre, no vio nada sino el pobre caballo.

Yo insinúo que no había allí más dinero que una moneda que la historia dice era escocesa: una pieza llamada allí de catorce peniques y en Inglaterra de trece y medio. De donde se supone que, desde entonces y hasta nuestros días, se dice que trece peniques y medio es el salario del verdugo.

Wilkie Collins

Su fama como escritor creció a la sombra de Charles Dickens, de quien era íntimo amigo. Sus primeras obras se publicaron en revistas que eran dirigidas por el autor de Tiempos difíciles, *editadas en Londres, ciudad en la que nació, en 1824, y donde también estudió derecho. Sus obras, con el tiempo, lograron independizarse de la imponente figura de Dickens para cobrar prestigio por su propio talento. Un gran aporte para que eso ocurriera fue la edición de* La dama de blanco, *de 1860.*

Sin embargo, en la literatura de Collins se podrían rastrear ciertas influencias de Dickens. El talento descriptivo junto a la construcción de personajes tan convincentes como imponentes, fue lo que Collins tomó de su amigo. Collins supo escribir cada una de sus obras con una prosa delicada y romántica, junto con un realismo aportado por sus tramas policiales y de misterio.

Su novela más conocida, La piedra lunar, *es uno de los clásicos del siglo XIX, catalogada como una de las mejores del género policial. Las historias policiales, que reunían investigadores honestos y delincuentes peligrosos, eran el medio para retratar a la sociedad inglesa en la época de la reina Victoria. El sargento Cuff, uno de sus personajes, le sirvió a Conan Doyle para crear su célebre detective Sherlock Holmes.*

La pérdida de familiares muy cercanos y de algunos de sus amigos, entre los que se contaba Charles Dickens, lo llevó a una soledad agobiante. Preso de una fuerte depre-

sión, en sus últimos años de vida dejó de escribir, se aisló y se dedicó a fumar opio. *Falleció en soledad, en 1889.*

La dama de la granja Glenwith

I

Soy un pintor de retratos y mi experiencia en este arte, si no ha servido para más, al menos me ha permitido volcar mis habilidades en una gran variedad de usos. No sólo he pintado, fielmente, hombres, mujeres y niños sino que, también, lo hice con caballos, perros, casas y, en una ocasión, hasta con un toro, gloria y terror de la comarca y el modelo más difícil de retratar que he conocido.

El animal se llamaba, apropiadamente, "Relámpago y Trueno" y pertenecía a un caballero apellidado Garthwaite.

Como escapé de ser corneado por el toro antes de terminar mi cuadro, es, hasta ahora, difícil de entender por qué "Relámpago y Trueno" odiaba mi presencia como si considerara un insulto personal el mero hecho de quererlo retratar.

Una mañana, cuando ya tenía el cuadro a medio terminar, iba con Garthwaite camino al establo, pero nos interceptó el administrador de la Granja para informarnos que "Relámpago y Trueno" se hallaba en un pésimo estado de ánimo y que sería riesgoso para mí estar en su cercanía. Miré a Garthwaite que sonrió con aire resignado.

—No hay nada que hacer, sólo esperar hasta mañana. ¿Qué le parece si nos vamos a pescar, ya que mi toro nos da unas vacaciones?

Le respondí, con toda sinceridad, que nada conocía de pesca. Pero Garthwaite, que era un apasionado pescador, no se intimidaba ni ante la mayor de las excusas.

—Nunca es tarde para aprender —vociferó—. Haré de usted un pescador en poco tiempo, si me presta atención.

Como era imposible esgrimir más disculpas, sin riesgo de parecer descortés, acepté su invitación.

—Le llevaré al mejor arroyo que hay en la vecindad. Llegaremos pronto hasta allí.

Me daba lo mismo si llegábamos tarde o temprano y si el arroyo era de lo mejor, pero hice lo posible por ocultar mis sentimientos y traté de parecer alegre y muy ansioso de comenzar la práctica.

Cuando estuvimos frente al arroyo, mi amigo se dedicó, de inmediato, a su tarea y yo pasé dos o tres horas placenteras enganchando mi chaleco, mi sombrero, mis pantalones y mis pulgares; era como si un demonio se hubiese posesionado de mi anzuelo. Por cierto, pescamos poco. En lo que a mí respecta, creo que los peces se enganchaban solos.

Luego de un tiempo, Garthwaite comentó que ya teníamos lo suficiente y me sugirió que le siguiera a otro lugar. Nos pusimos en marcha ribera abajo.

Cuando habíamos caminado cierta distancia en silencio, bordeando el arroyo, Garthwaite dijo de repente:

—Aguarde un minuto. Tengo una idea. En vez de seguir por aquí, iremos a un lugar donde sé, por experiencia, que hay buena pesca. Y, además, le presentaré a una dama cuya apariencia será de sumo interés para usted y cuya historia, le puedo asegurar, es, aún, más extraordinaria.

—¿Puedo preguntarle por qué?

—Es una notable historia que tiene que ver con una familia arraigada en una mansión de estos alrededores. La dama se apellida Welwyn, pero los pobres de por aquí la conocen como la Dama de la Granja Glenwith. Aguarde hasta que la vea antes de pedirme que le cuente más. Vive muy sola y soy el único visitante que recibe. Un amigo mío será bienvenido a la Granja (¡recuerde el escenario de la historia!) por consideración hacia mí que nunca abusé de mi privilegio. El lugar está a sólo dos millas de aquí y el arroyo cruza a través del campo.

Mientras marchábamos, el estado de ánimo de Garthwaite se alteró hasta el punto de quedarse inusualmente silencioso y pensativo como si la mención del nombre de Welwyn le trajera recuerdos de algo. Como comprendí que hablarle de cosas cotidianas sería interrumpirle, sin sentido, sus pensamientos, caminé a su lado en completo silencio, mientras buscaba, con impaciencia, la vista de la Granja Glenwith.

Llegamos, por fin, a una vieja iglesia, levantada en las afueras de una bonita villa y, de inmediato, localizamos una puerta en medio de un muro que Garthwaite traspuso y comenzamos a seguir un sendero en dirección a una gran mansión.

Era evidente que habíamos entrado por una puerta privada y que nos acercábamos al edificio por la parte posterior. Lo observé con curiosidad y vi, en una de las ventanas de la planta baja, a una niña que parecía tener nueve o diez años, mirándonos mientras avanzábamos. No pude dejar, ni por un momento, de observarla; su cutis fresco y su larga cabellera negra eran realmente hermosos. Pero había algo en su expresión, un vacío en sus grandes ojos, una sonrisa inmutable, sin significado, en sus labios abiertos, que no parecía concordar con todo lo que era atractivo en su rostro; me sentí defraudado y aun conmovido aunque no sabía decir por qué.

Garthwaite, que marchaba pensativo, con la vista clavada en el suelo, se volvió y miró hacia donde yo miraba, se detuvo un instante y tomándome del brazo, me susurró con impaciencia.

—No comente que vimos a esa pobre criatura, cuando estemos delante de la señorita Welwyn. Más tarde le contaré por qué.

Dimos la vuelta, de prisa, hacia el frente de la casa.

Era una mansión antigua, con un parque delante y, aunque el jardín estaba cubierto de flores, algo me deprimió. Cuando mi compañero tocó una campana ruidosa, de profundo gong, el sonido me sobresaltó como si estuviésemos cometiendo un crimen al perturbar el silencio; así que cuando un viejo criado abrió la puerta, apenas pude imaginarme que seríamos recibidos. Sin embargo, fuimos admitidos sin la más leve demora y percibí, de inmediato, en el interior, la misma atmósfera de quietud que existía afuera. No había perros que ladraban nuestra llegada ni se oían sirvientes ni ninguno de los usuales ajetreos domésticos que acarrean las visitas inesperadas en el campo. El largo salón donde fuimos introducidos estaba tan solitario como el hall de entrada.

Sin decir palabra, Garthwaite se acercó a la ventana; proponiéndome no interferir, me guardé las preguntas pero lancé una mirada circular al salón para ver qué señales me proporcionaba sobre los hábitos y la personalidad de la propietaria de la casa.

Dos estantes cubiertos de libros fueron los primeros objetos que me atraparon la atención y, cuando me acerqué a ellos, me sorprendió no hallar literatura contemporánea; no había allí nada que fuere actual. Cualquier libro de los que hojeara, había sido escrito quince o veinte años antes. Todos los cuadros que colgaban de las paredes eran reproducciones de viejos maestros; lo más moderno que poseía el anaquel de música eran composiciones de Haydn y Mozart. Y todo lo que examiné, me indicó lo mismo. El propietario de esas partituras vivía en el pasado, vivía entre viejas memorias y viejas asociaciones.

Mientras estos pensamientos cruzaban por mi mente, se abrió una puerta y apareció la dama. Por cierto, ya había desaparecido su juventud, parecía más vieja de lo que realmente era, como después descubrí.

Pero no recuerdo haber visto en otro rostro, esa permanencia de la belleza de los tempranos años, como lo vi en ella. La pena, evidentemente, había atravesado ese rostro puro y calmo que tenía delante, pero le había dejado resignación. Su expresión era, todavía, juvenil y fue sólo cuando observé su cabello que crecía blanquecino, sus manos delgadas, las tenues huellas alrededor de su boca y la triste serenidad de sus ojos, que advertí la señal de la edad; más que eso: la marca de alguna gran tristeza que se resistía a ser vencida.

Incluso desde su voz, podía advertirse que había atravesado penurias en algún momento de su vida. Y que le pusieron a prueba esa noble naturaleza indoblegable.

Se saludó con Garthwaite como si fueran hermanos y era notorio que se conocían desde muy largo tiempo.

Nuestra visita fue breve y la conversación se mantuvo en un tono general, así que el juicio sobre la señorita Welwyn lo formé, más por lo que vi que por lo que oí. Me interesó tan vivamente la mujer, que me sentía reacio a abandonar la casa, cuando nos levantamos para partir. Aunque su trato para conmigo, no pudo ser más cordial y bondadoso, percibí que le costaba cierto esfuerzo reprimir, en mi presencia, la tristeza que parecía, a menudo, aflorarle.

Tan pronto como dejamos a la señorita Welwyn, ya en camino hacia el arroyo, dentro de sus campos, le manifesté a Garthwaite que la impresión que me produjo la dama era tan honda que debía hacerle varias preguntas con respecto a ella; omití preguntarle sobre la pequeña niña que vi en la ventana trasera. El me respondió que su historia respondería a todos mis interrogantes y que comenzaría a contarla apenas estuviésemos instalados para pescar.

Marchamos unos cinco minutos hasta llegar al borde del arroyo y, mientras me permitía admirar el paisaje, Garthwaite se ocupó de los preparativos de la pesca. Luego de ordenarme que me sentara a su lado, por fin satisfizo mi curiosidad y comenzó a contar su historia, que la relataré en su propio estilo y, tanto como me sea posible, con sus propias palabras.

II

He sido amigo de la señorita Welwyn durante mucho tiempo para jurarle la verdad de lo que, ahora, estoy a punto de contarle, tanto como que conocí a su padre y a su joven hermana Rosamund y estuve relacionado con el francés que llegó a ser su cuñado. Estas son las personas de las que le hablaré y los personajes principales de mi historia.

El padre de la señorita Welwyn murió hace unos años, pero lo recuerdo muy bien aunque nunca despertó en mí ni en nadie que lo hubiese conocido, el más leve sentimiento de interés. Cuando le digo que recibió de su padre una fortuna muy grande, ganada a través de especulaciones riesgosas y afortunadas, que compró una mansión con el objeto de elevar su posición social, sospecho que le estoy diciendo tanto acerca de él como a usted le interesaría oír.

Era un hombre bastante vulgar, sin grandes virtudes y sin grandes vicios. Cuando le enumero que tenía un pequeño corazón, una mente débil, un temperamento cordial, una talla alta y un rostro agradable, le digo más de lo que necesita decirse sobre la personalidad de Welwyn.

Debo haber visto muy a menudo, cuando era pequeño, a la señora Welwyn, pero no le puedo decir que la recuerde, salvo que era alta, buena moza y muy generosa y llena de bondad cuando estaba en su compañía. Superior a su esposo en todo; era gran lectora de libros en varios idiomas y su talento musical se lo recuerda todavía en las fincas rurales de la región.

Oí que sus amigos se sintieron defraudados cuando se casó con Welwyn, rico y todo como era; y, luego, se sintieron sorprendidos de que preservara, al menos, la apariencia de ser perfectamente feliz con su esposo, quien, por cerebro y por corazón, no era digno de ella.

La mayoría supuso (y creo correctamente) que ella halló su gran felicidad y su gran consuelo en su pequeña hija Ida, la dama de la cual, hace un momento, nos separamos.

Desde los primeros pasos, la niña se pareció a su madre, heredando su gusto por los libros, su amor por la música y, por sobre todo, su serena firmeza, paciencia y bondad; desde los primeros años de Ida, la señora Welwyn se encargó de su educación. Era raro verlas separadas y los vecinos y amigos comentaban que la niña tenía una maestra esmerada, cosa no muy común entre los otros niños que, solamente, alcanzaban una enseñanza práctica; también decían que su imaginación, de la que poseía más que una buena parte, era demasiado estimulada.

Existía alguna verdad en esto; y habría sido más si Ida hubiera tenido una personalidad común o se le hubiese reservado un destino vulgar. Pero, desde el principio, fue una niña extraña y le estaba reservado un destino, también, extraño.

Cuando Ida alcanzó los once años, era la única niña de la familia pero, poco después de su cumpleaños, nació su hermana Rosamund. Aunque la señora Welwyn quería un hijo, todos, sin lugar a dudas, se sintieron complacidos con la llegada de esta segunda hija, pero toda esa felicidad se convirtió en tristeza, cuando pocos meses después, la señora Welwyn falleció.

El señor Welwyn, que estaba realmente enamorado de ella y que sufrió tanto como un hombre puede sufrir, no fue lo suficientemente fuerte como para permanecer en el lecho de muerte de su esposa, así que las últimas palabras de la mujer no fueron pronunciadas a su esposo sino a su niña, quien, desde el comienzo de la enfermedad, permaneció con ella, hablándole esporádicamente, sin mostrar nunca temor ni pena, salvo cuando se hallaba lejos de su vista.

Cuando falleció y el señor Welwyn, incapaz de hacer acto de presencia en la casa mortuoria a tiempo para el funeral de su esposa, dejó el hogar y se fue a vivir con uno de sus parientes, en un lugar distante de Inglaterra, Ida, a quien él quiso llevar consigo, solicitó quedarse.

"Antes de morir, le prometí a mamá que sería tan buena para mi pequeña hermana Rosamund como ella fue para conmigo" dijo, con simpleza, la niña. "Ella me pidió, a cambio, que me quedara y asistiera a su entierro".

Sucedió que se hallaban presentes un amigo de la señora y un viejo criado de la familia, que comprendieron a Ida mucho más que su propio padre y le persuadieron de que no se la llevara.

He oído a mi madre comentar que el aspecto de la niña en los funerales fue algo que no podía recordar sin que las lágrimas vinieran a sus ojos y no lo pudo olvidar hasta el último día de su vida. Me veo acompañando a mi madre, de visita a la vieja casa. Era un verano que estaba de vacaciones. Como era una mañana radiante y no había nadie en el interior, caminamos por el jardín. Cuando nos acercamos al parque, vi, en primer término, a una joven vestida de negro que leía, sentada en un banco; luego, una pequeña, también de luto, que se movía lentamente sobre el césped hacia nosotros, llevando consigo a un bebé al que trataba de enseñarle a caminar.

Me miró, era tan niña para ocuparse de esos menesteres, que me detuve preguntándole a mi madre quién era. La respuesta fue la triste historia que le acabo de referir.

Hacía tres meses del entierro de la señora Welwyn y, de un modo infantil, Ida intentaba, como había prometido, ocupar el lugar de su madre en la vida de su pequeña hermana. Le menciono sólo este simple incidente porque es necesario, antes de continuar, que usted conozca en qué estrecha relación se manejaron las hermanas, desde un principio.

De todas las últimas palabras que la señora Welwyn le comunicara a su hija, ninguna fue tan a menudo repetida como aquellas que le encomendaban el amor y el cuidado hacia la pequeña Rosamund.

Para algunas personas, la confianza que la moribunda depositó en una niña de escasos once años, era una prueba de ese deseo desvalido que se adhiere como consuelo ante la impotencia que provoca la llegada de la muerte. Y la confianza no fue defraudada. Toda su existencia futura fue una noble prueba de que ella era acreedora a esa fe de la moribunda. En esa simple escena que le narré, está reflejada la nueva vida de las dos hermanas.

Pasó el tiempo, dejé la escuela, viajé a Alemania y permanecí allí algunos años para estudiar el idioma. En cada intervalo, regresaba a mi hogar y preguntaba por los Welwyn; la respuesta era siempre la misma. Que el señor Welwyn se divertía ofreciendo recepciones y que sus dos hijas nunca se separaban; que Ida seguía siendo la misma muchacha extraña y serena que siempre había sido y que continuaba actuando como madre para Rosamund.

Fui ocasionalmente a la Granja, cuando andaba por los alrededores, y pude comprobar la exactitud del género de vida que me habían pintado. Cuando Rosamund tenía cuatro o cinco años, Ida parecía más su madre que su hermana. Era paciente en sus lecciones, ansiosa por ocultar cualquier fatiga que pudiese sobrevenirle en su compañía, orgullosa cuando la belleza de Rosamund era advertida y tan presta a conocer y atender todo lo que Rosamund hacía o decía, que era diferente a cualquier hermana mayor.

Recuerdo cuando Rosamund se acercaba a su condición de mujer y estaba de gran ánimo con la idea de pasar algún tiempo en Londres. Era muy hermosa para esa época, mucho más elegante que Ida y, aunque todos en la comarca la conocían, pocos de los que admiraban su danza, su canto, sus pinturas y que se deleitaban al saber que ella hablaba francés y alemán, estaban al tanto de lo mucho que ella le debía, no a sus maestros sino a su hermana mayor. Fue Ida quien realmente encontró la manera de enseñarle y quien le ayudaba en todas sus dificultades.

Aunque Rosamund no era desagradecida, había heredado mucho del carácter de su padre y llegó a estar tan acostumbrada a deberle todo a su hermana que, nunca, apreció como correspondía, el profundo amor del que era objeto y, cuando Ida rechazó dos buenas propuestas de matrimonio, Rosamund se sintió más sorprendida que nadie, asombrándose de que su hermana deseara permanecer soltera.

Cuando se concretó el viaje a Londres, del que le hablé, Ida acompañó a su padre y a su hermana, aunque si hubiera sido por ella, no habría ido; pero Rosamund manifestó que se sentiría perdida e indefensa en la ciudad, sin su presencia.

Ida estaba siempre dispuesta a hacer lo que fuera por ella, así que fue a Londres, encantada de admirar todos los pequeños triunfos logrados por su belleza, oyendo sin cansarse lo que decían de su Rosamund.

Al final del verano, el señor Welwyn y sus hijas regresaron por un corto tiempo al campo, luego dejaron la casa para pasar el último período del otoño y el comienzo del invierno en París. Llevaron excelentes cartas de presentación y frecuentaron una muestra importante de la mejor sociedad parisina. En una de las primeras fiestas a las que concurrieron, toda la conversación recayó sobre la conducta de un cierto noble francés, el Barón Franval, que volvía a su país natal luego de una prolongada ausencia, acontecimiento que absorbía la atención de todos los presentes. Un amigo les refirió al señor Welwyn y a sus hijas quién era Franval.

El Barón, que heredara muy poco de su padre, salvo su alto rango, se encontró, a la muerte de su progenitor, que él y sus dos hermanas solteras tenían escasamente para vivir. Era, entonces, un joven de veintitrés años que al serle imposible obtener una ocupación, decidió abandonar Francia y dedicarse al comercio. Como se le ofreció, inesperadamente, una oportunidad, dejó a sus hermanas al cuidado de un viejo pariente de la familia en su castillo de Normandía y zarpó a las Indias Occidentales; extendió más tarde sus viajes por toda Sudamérica.

Después de quince años de ausencia, regresaba a Francia con una gran fortuna; su espíritu independiente y su generosa devoción por el honor familiar y la felicidad de sus hermanas, eran admirados por todos, aun antes de su arribo a París.

Los Welwyn oyeron la historia con mucho interés; Rosamund, que era muy romántica, se sintió atraída por ella y comentó que estaba ansiosa por conocer al Barón.

Franval llegó a París, le fue presentado a los Welwyn, se encontró asiduamente con ellos, no causó buena impresión en Ida pero se ganó el cariño de Rosamund desde el principio y fue recibido con tan alta aprobación por su padre que, cuando insinuó visitar Inglaterra en primavera, fue invitado cordialmente a pasar algún tiempo en la Granja Glenwith.

Llegué de Alemania para la época en que los Welwyn retornaban de París y, de inmediato, me propuse reanudar mi amistad con la familia. Sentía mucho cariño por Ida, oí la historia del Barón y, cuando me lo presentaron, me produjo una impresión tan desfavorable como la que le produjera a ella.

No podría decir por qué me disgustaba; era, en realidad, un hombre educado y cantaba notablemente bien. Estas dos cualidades eran más que suficientes para atraer a una muchacha del temperamento de Rosamund y jamás me sorprendió que él lograra sus favores.

También contaba con la aceptación del padre, porque el Barón era un excelente jinete y como hablaba correctamente inglés y tendía a imitar los usos y costumbres del país, el señor Welwyn entendía que semejante caballero era digno de consideración.

Le digo que me disgustaba sin poder darle una razón de mi disgusto. Aunque siempre era muy cortés conmigo y, a menudo, cabalgábamos juntos y nos sentábamos a la mesa muy cerca uno del otro, nunca pude llegar a ser su amigo. Siempre me dio la impresión de un hombre que tenía alguna reserva mental aun cuando expresara las cosas más triviales y, de continuo, tenía un dominio de sí que parecía acompañar sus palabras más frívolas. Esto, no obstante, no era motivo para mi secreta antipatía.

Ida me lo dijo, recuerdo, cuando le confesé mis sentimientos hacia el Barón y trató, en la intimidad, de referirme lo que ella pensaba. No quiso oponerse a la elección de Rosamund y asistía al crecimiento de esa relación con un temor que trataba en vano de ocultar.

Hasta su padre se dio cuenta de que ella no era feliz y comenzó a sospechar el motivo. Recuerdo que bromeó, con toda la irreflexión de un hombre necio, comentando que Ida siempre se celaba desde niña si su hermana miraba a alguien que no fuera ella misma.

El verano comenzó a suplantar a la primavera, Franval visitó Londres y regresó a la Granja. Demoró su partida a Francia y, al fin, se le declaró a Rosamund y fue aceptado. Dada su posición, los arreglos de todo lo concerniente a la boda parecieron ser muy satisfactorios.

El único rostro triste en la Granja era el de Ida. Por un momento, fue penoso para ella ocupar el segundo lugar en el corazón de su hermana, pero el disgusto secreto y la desconfianza que sentía hacia Franval, ante la idea de que, pronto, sería el esposo de su hermana, la llenó de un vago sentimiento de temor que no podía explicarse y que, además, debía mantener oculto. Una sola cosa la consolaba: Rosamund y ella no se separarían. Sabía que el Barón sentía, íntimamente hacia ella, la misma aversión; intuía que cuando fuera a vivir con su cuñado, tendría que decir adiós a la porción más feliz y espléndida de su vida, pero debido a la promesa que le había hecho años atrás a su madre, nunca dudó y cuando Rosamund le comentó que deseaba que fuera a vivir con ella para que la ayudase, aceptó.

El Barón era demasiado educado como hombre para parecer molesto cuando se enteró de estos arreglos. Y así fue como quedó convenido, desde un principio, que Ida iría a vivir con su hermana.

III

La boda se llevó a cabo en verano y los novios pasaron su luna de miel en Cumberland. Cuando regresaron a la Granja, se habló de una visita a las hermanas del Barón en Normandía, pero esta tuvo que ser aplazada a último momento por el repentino fallecimiento del señor Welwyn.

Aunque la visita fue sólo propuesta, cuando llegó la fecha de efectuarla, el Barón fue renuente a dejar la Granja, porque no quiso abandonar la temporada de caza.

Cada vez, parecía menos inclinado, a medida que pasaba el tiempo, a ir a Normandía y escribía excusas tras excusas a sus hermanas cuando llegaban las cartas urgiéndole a cumplir la prometida visita.

En invierno, comentó que no permitiría que su esposa se arriesgara a un largo viaje; en primavera, que su salud no era muy buena; y en el verano próximo, que ya no era posible porque la Baronesa esperaba ser madre.

Esas fueron las excusas que Franval les enviaba a sus hermanas en Francia.

El matrimonio fue, en el más estricto sentido del término, feliz ya que el Barón, aunque nunca perdió la extraña reserva de sus modales, era en un estilo peculiar y sereno, el más afectuoso y atento de los maridos. Iba, en ocasiones, a la ciudad por sus negocios, pero parecía dichoso de retornar a la Baronesa; era cortés con su cuñada y se conducía con deferente hospitalidad hacia todos los amigos de los Welwyn.

En síntesis, justificaba ampliamente la buena opinión que Rosamund y su padre se formaran de él cuando le conocieron en París.

Ni siquiera estas cualidades de su carácter tranquilizaron por entero a Ida y aunque los meses se sucedieron placenteros, esa secreta tristeza, esa aprensión irracional sobre la situación de Rosamund, pendía pesadamente sobre su hermana.

Al comienzo de los meses de verano, sucedió un pequeño inconveniente doméstico, que le indicó a la Baronesa por primera vez, que el temperamento de su esposo podía ser afectado seriamente por la más leve tontería. El Barón tenía el hábito de recibir dos periódicos franceses, uno publicado en Burdeos y el otro en el Havre y siempre los abría en cuanto llegaban, leía por unos minutos con profunda atención una columna en particular de cada uno de ellos y luego, como distraídamente, los arrojaba al cesto de papeles.

Su esposa y su cuñada, en los primeros tiempos, se sorprendieron del modo en que los leía, pero no le dieron más importancia al hecho cuando les explicó que los recibía para consultar las noticias comerciales de Francia, que podían, esporádicamente, ser de interés para él.

Estos periódicos se editaban semanalmente. En la ocasión a la que me refiero, el periódico de Burdeos llegó puntualmente como siempre, pero el del Havre no apareció. Esta circunstancia banal afectó seriamente al Barón que escribió, de inmediato, a la oficina de correos y al corresponsal del periódico en Londres.

Cuando su esposa, sorprendida por su intranquilidad, trató de cambiarle su malhumor, bromeando acerca del periódico extraviado, él le respondió con las palabras más duras que ella le había oído. Y, para ese tiempo, ella ya no estaba en condiciones de recibir expresiones hostiles de nadie y menos de su esposo.

Pasaron dos días sin que recibiera respuesta a su reclamo y, en la tarde del tercer día, el Barón cabalgó hasta la oficina de correos para averiguar.

Una hora después de su partida, un caballero desconocido llegó a la Granja y preguntó por la Baronesa. Al ser notificado que ella no se sentía en condiciones de recibir visitas, le envió un mensaje donde le transmitía que su presencia era de suma importancia y que aguardaría abajo, por una segunda respuesta.

Cuando recibió este mensaje, Rosamund recurrió, como siempre, al consejo de su hermana mayor y esta fue, de inmediato, a entrevistarse con el extraño.

Lo que estoy capacitado de referirle acerca de esa extraordinaria entrevista y de los terribles acontecimientos posteriores, lo he oído de los propios labios de la señorita Welwyn.

Ella se encontraba nerviosa cuando entró al salón; el desconocido la saludó con cortesía y le preguntó, con acento extranjero, si era la Baronesa. Ida le corrigió y le expresó que velaba por todos los asuntos de su hermana, agregando que si la entrevista concernía a las cuestiones de su cuñado, este no se hallaba en ese momento en la casa.

El extranjero le respondió que estaba enterado de ello cuando arribó y que la visita ingrata que lo traía no debía ser confiada al Barón, al menos por ahora.

Cuando le preguntó por qué, le dijo que él estaba allí para explicarle, expresándole que se sentía muy aliviado de poder confesarle este asunto a ella, que estaría mejor preparada que su hermana para las malas noticias que, infortunadamente, se veía obligado a traer.

El repentino desfallecimiento que le sobrevino cuando escuchó estas palabras, le impidió responder. El extranjero sirvió un poco de agua de una botella, que estaba sobre la mesa, y le dio a beber, interrogándola sobre si se sentía con fuerzas para oír lo que tenía que confiarle.

Extrajo de su bolsillo un periódico extranjero, mientras le explicaba que era un agente secreto de la policía francesa y que el periódico era el "Havre Journal" de la semana pasada; había evitado que se le enviara al Barón como siempre. Lo abrió y le pidió que leyera ciertas líneas que le darían una pista del asunto por el cual estaba allí, señalándole la parte mientras le hablaba.

Las líneas en cuestión se referían a "entradas de barcos" y decían: "arribó el 'Berenice' desde San Francisco con un valioso cargamento de pieles. Trae un solo pasajero, el Barón Franval, del Castillo Franval, en Normandía". Cuando la señorita Welwyn leyó esto, su corazón se paralizó y comenzó a temblar aunque era una tarde calurosa de junio. El visitante le dio a beber más agua y le preguntó cordialmente si tenía valor para escucharle, se sentó y volvió a referirse al periódico; cada palabra que él pronunció, se le grabó, para siempre, en su memoria y en su corazón.

—No hay ningún error —le dijo— acerca del nombre que figura en esa línea que ha leído y es tan cierto como que nosotros estamos aquí, que hay un solo Barón Franval con vida. La cuestión es cuál de los dos es el verdadero

Barón, el pasajero del "Berenice" o el esposo de su hermana. Las señoras del Castillo no le creyeron al pasajero que arribó a el Havre la última semana, cuando les dijo que él era el Barón, así que la policía fue notificada y, de inmediato, salí de París. No perdimos tiempo en interrogar al hombre. Estaba extremadamente furioso. Encontramos que tenía un extraordinario parecido con el Barón y que estaba familiarizado con las personas y los lugares cercanos al Castillo; entonces, le hablamos a las autoridades locales y examinamos en secreto los prontuarios de personajes sospechosos. Uno de estos decía lo siguiente: "Héctor Augusto Mombrum, hijo de un respetable propietario de Normandía, bien educado, buenos modales; en malas relaciones con su familia. Carácter intrépido, astuto, inescrupuloso, aplomado. Puede ser reconocido fácilmente por su parecido con el Barón Franval. Condenado a veinte años por robo".

La señorita Welwyn notó que el hombre la observaba para ver si podía seguir escuchándole. Este le preguntó, no sin cierta alarma, si quería que le sirviera más agua. Ida sólo atinó a negar con su cabeza. El hombre sacó un segundo papel de un anotador.

La próxima entrada, bajo el mismo nombre, era de cuatro años más tarde y decía así: "Héctor Augusto Mombrum, condenado a cadena perpetua por asesinato y otros delitos. Escapó en Tolón. Se sabe que se dejó crecer la barba y usa su cabello largo con la intención de que sea imposible descubrirlo por aquellos que pueden dar aviso en su provincia natal al reconocerle su parecido con el Barón Franval". Había otros detalles agregados, pero ninguno de gran importancia.

—De inmediato, examinamos al supuesto impostor —explicó el agente francés—. Sabíamos que si él era Mombrum, encontraríamos en su hombro las letras "T.F." que significan "Trabajos Forzados". Como no hallamos nada, intercepté los números del "Havre Journal" de esa semana que iba a ser enviado al corresponsal de Londres. Llegué al Havre el sábado y, de inmediato, me llegué hasta aquí.

Continuó hablando, pero ya la señorita Welwyn dejó de escucharle.

Su primera sensación, al retornarle la conciencia, fue el agua sobre su rostro y observó que todas las ventanas del salón estaban abiertas para que le llegara aire y que ella y el hombre aún seguían solos.

En un primer instante, ella lo desconoció, pero de inmediato, le vinieron a la mente las crueles realidades que le habían llevado hasta allí y después de disculparse por no haber pedido ayuda cuando ella se desmayó, le dijo que era vital que nadie en la casa, durante la ausencia de Franval, imaginara que algo anormal estaba sucediendo. Agregó que no aumentaría su angustia refiriéndole más, dejaría que se recobrara para considerar cuál era la mejor forma de tratarlo con la Baronesa; él regresaría a la casa, en secreto, entre las ocho y nueve de esa noche, listo para actuar cuando la señorita Welwyn lo deseara y darle a ella y a su hermana la ayuda y protección que pudieran necesitar. Luego de manifestar estas palabras, inclinó su cabeza y, en silencio, abandonó la habitación.

En los primeros minutos, penosos cuando se quedó sola, Ida permaneció sentada, indefensa y sin habla. Después, una clase de instinto le pareció decirle que debía ocultar esas noticias espantosas a su hermana, tanto como le fuera posible. Corrió a las habitaciones de Rosamund y le comentó, a través de la puerta (ya que no confiaba en arriesgarse ante la presencia de su hermana) que el visitante había venido por unos asuntos legales del padre y que se iba a encerrar para escribir unas cartas extensas acerca de ello. Cuando entró en su propio cuarto, no tuvo conciencia de cuánto tiempo pasó sintiéndose vacía, salvo por una esperanza desvalida de que la policía francesa estuviese cometiendo algún error.

Un poco después del crepúsculo, oyó llover. El ruido de la lluvia y la frescura que trajo en el aire, pareció despertarla de un pavoroso sueño y, al retornar su razón, se sintió aterrorizada cuando el recuerdo de Rosamund vino a ella; su memoria regresó al día del fallecimiento de su madre y a la promesa que hiciera en su lecho de muerte. Estalló en lágrimas que la desgarraron, luego oyó los cascos de un caballo y supo que su cuñado había vuelto; abandonó, entonces, el cuarto y fue hacia el de su hermana.

Por fortuna, la habitación de su hermana estaba escasamente iluminada. Antes de que pudieran intercambiar dos palabras, Franval, al que se le veía muy irritado, entró diciendo que había esperado el arribo del correo y el periódico no vino en él; que se hallaba empapado y creía haberse resfriado. Su esposa le sugirió alguna medicina, pero él la interrumpió rudamente diciéndole que no quería ningún remedio, sólo irse a la cama. Y las abandonó sin decir otra palabra.

Rosamund se llevó un pañuelo a los ojos.

—Cómo ha cambiado —le dijo, suavemente, a su hermana.

Estuvieron en silencio por más de media hora hasta que Rosamund se levantó para ir a ver cómo estaba su esposo. Regresó explicando que dormía y que esperaba se despertara bien en la mañana.

El reloj dio las nueve. Ida, al oír los pasos del criado en la escalera, se reunió con él para recibir la noticia de que el policía la esperaba abajo.

Cuando él le preguntó si ella le había comentado algo a su hermana o si había pensado algún plan de acción, le contestó negativamente y le contó que el Barón había regresado a la casa, cansado y enfermo y se había ido a dormir.

El agente, con ansiedad, le susurró si ella sabía que se hallaba solo y durmiendo. Al recibir su respuesta, le dijo que debía ir a su habitación, de inmediato.

De nuevo, se sintió desfallecer, pero él le explicó que si no utilizaba esta oportunidad inesperada, podía tener resultados fatales. Le recordó que si el Barón era, en realidad, Mombrum, la sociedad le reclamaba y, también la justicia, y que si no lo era, el plan para llegar, de inmediato, a la verdad defendería a un inocente de sospechas y al mismo tiempo le ahorraría al Barón el hecho de saberse sospechado.

Este último argumento surtió efecto sobre la señorita Welwyn. La débil esperanza de que las autoridades francesas estuvieran en un error, le permitió al agente seguirla al piso superior, donde le señaló la puerta. El tomó la lámpara de su mano, abrió con suavidad y entró al cuarto, dejando la puerta abierta.

Ida miró a través de la puerta y vio que Franval yacía de costado, sumido en un profundo sueño, con su espalda vuelta hacia ellos. En silencio, el agente colocó la lámpara sobre una pequeña mesa de lectura, apartó un poco las ropas de cama, tomó un par de tijeras y con mucha suavidad y lentitud, comenzó a cortar la porción de camisón que le cubría los hombros. Cuando la parte superior de su espalda quedó descubierta, el agente tomó la lámpara y la mantuvo cerca de su piel.

La señorita Welwyn le oyó exclamar algo por lo bajo, luego se volvió hacia donde ella estaba y le hizo una señal para que se acercara. Ida se acercó a la cama y miró hacia donde le indicaba. Allí, muy visible a la luz de la lámpara, se hallaban las letras "T.F." sobre el hombro.

Aunque no pudo moverse ni hablar, el horror de este descubrimiento no le hizo perder, de nuevo, el sentido y observó cómo el agente extendía las ropas de cama y retiraba las tijeras. Percibió que él la sacaba rápidamente del dormitorio y la ayudaba a llegar a la planta baja.

Cuando estuvieron, otra vez, solos, le dijo, por primera vez con muestras de agitación.

—Ahora, señora, por amor de Dios, sea valiente y déjese guiar por mí. Usted y su hermana deben abandonar la casa de inmediato. ¿No tienen algún familiar en los alrededores donde puedan refugiarse?

No tenían.

—¿Cuál es el pueblo más cercano donde puedan pasar la noche?

Era Harleybrook.

—¿A qué distancia está?

Doce millas.

—Es mejor que tomen un carruaje enseguida, con la menor demora posible —comentó.— Déjeme que yo pase aquí la noche. Me comunicaré con usted por la mañana en el hotel principal. ¿Puede realizar estos preparativos con el criado, si yo le llamo y usted le dice que debe obedecer mis órdenes?

El sirviente recibió sus indicaciones, salió con el agente para vigilar que el carruaje se preparase rápida y silenciosamente y la señorita Welwyn subió a ver a su hermana.

Cómo las noticias terribles destrozaron a Rosamund, no puedo relatarlo. Ida no me lo contó ni le dijo nunca a nadie lo que sucedió entre ella y su hermana esa noche.

No le puedo describir el shock que ambas mujeres sufrieron, excepto que la más joven y débil murió a causa de ello; que la mayor y más fuerte nunca se ha recobrado ni se recobrará.

Rosamund murió muy poco después del nacimiento de su hija, pero la niña nació con vida y vive aún. Usted la vio en la ventana cuando llegamos y yo le sorprendí, me atrevo a creerlo, al rogarle que no le hablara de ella a la señorita Welwyn. También habrá notado un vacío en la expresión de la niña y temo creer que su mente también está vacía.

Seguramente, querrá saber qué sucedió en la Granja Glenwith, luego que las dos hermanas partieron. He leído la carta que el agente de la policía envió a Ida a la mañana siguiente; y haciendo memoria, le relataré todo lo que desea conocer.

Primero, sobre el pasado de Mombrum, debo decirle que era el preso fugado; por largos años, había burlado a la policía de toda Europa y América. Aunque tuvo éxito en el robo de fuertes sumas de dinero, habría sido capturado, al regresar a Francia, si no hubiese contado con la fortuna de hacerles creer a todos que era el Barón Franval. Si el Barón Franval hubiera muerto en el exterior, tenía todas las probabilidades de no haber sido descubierto jamás.

Además de su extraordinario parecido con el Barón, tenía todo lo que se necesitaba para llevar a cabo su engaño. Aunque sus padres no eran ricos, había recibido buena educación y sus primeros años los había pasado en las proximidades del Castillo de Franval. Conocía cómo vivía el Barón, había residido en el país hacia donde el Barón emigrara, le era fácil referirse a personas y lugares que estaban relacionados con el Barón y, por último, tenía la excusa de haber pasado quince años en el exterior, si deslizaba algún ligero error ante sus "hermanas". No es necesario que le diga que el auténtico Barón fue acogido de inmediato, y recibido con todos los honores por su familia.

De acuerdo al propio relato de Mombrum, se había casado con la pobre Rosamund, puramente por amor. La delicada e inocente muchacha le había encandilado y la vida serena y fácil en la Granja le complacía, por contrastar con su existencia peligrosa del pasado. Lo que hubiera sucedido si él se hubiese cansado de su esposa y de su hogar inglés, no lo sabemos. Lo que aconteció la mañana siguiente a la partida de su esposa y su cuñada, se puede contar en pocas palabras.

Tan pronto como los ojos de Mombrum se abrieron, se encontraron con el policía sentado muy cerca de su cama, con una pistola en su mano. Supo, de inmediato, que había sido descubierto pero ni por un instante perdió la compostura, por la que era famoso.

Declaró que deseaba cinco minutos para considerar seriamente si resistiría a las autoridades francesas en tierra inglesa y así ganar tiempo, obligando a un gobierno a solicitar la extradición al otro o si aceptaría los términos oficialmente ofrecidos por el agente, si permitía ser arrestado en secreto.

Eligió la última opción; se pensó que elegía esta porque supuso que podría escapar cuando se le antojara. Cualesquiera que fueran sus motivos, dejó que el agente le sacara, apaciblemente, de la Granja.

No pasó mucho tiempo sin que su suerte le sorprendiera, porque trató de escapar de nuevo y, como se aguardaba que lo hiciera, fue baleado mientras hacía el intento. Recuerdo haber oído que la bala le entró por la cabeza y lo mató en el acto.

Finalizó mi relato. Hace diez años que Rosamund fue enterrada y hace diez años que la señorita Welwyn regresó a ser un solitario habitante de la Granja Glenwith. Ahora vive exclusivamente en el pasado. No hay un solo objeto en la casa que no le recuerde a su madre, cuyos últimos deseos vivió para obedecer.

Aquellos cuadros que usted observó, en las paredes de la biblioteca, eran de Rosamund, los libros de música son los mismos que ella y su madre ejecutaban en las tardes silenciosas de verano. Ella no tiene nada que la ate al presente, salvo la pobre criatura cuya aflicción es el consuelo constante que la ilumina, y la gente del campo que la rodea, cuyas necesidades está siempre dispuesta a socorrer.

Tarde o temprano, las noticias sobre sus limosnas llegan hasta nosotros y es muy amada en todos los hogares humildes.

No hay ningún hombre pobre, no sólo en esta villa, sino también muchas millas más allá, que no lo recibirá a usted como se recibe a un viejo amigo, si le dice que conoce a la Dama de la Granja Glenwith.

Saki

Uno de los personajes de Los Rubaiyat, *obra del escritor persa Omar Khayyam, se llamaba Saki. Ese fue el seudónimo literario elegido por Héctor Hugh Munro, a pesar de que nació en Birmania, en 1870, creció y se educó en Inglaterra, bajo el cuidado de sus tías.*

Su padre, que era un prestigioso diplomático inglés, le consiguió un trabajo de funcionario en su ciudad natal. Su salud no soportaba los climas asiáticos y debió retornar a Londres. En esta ciudad, Saki comenzó a publicar sus primeros artículos periodísticos y sus primeros relatos. Su actividad periodística no se limitó a Londres. Fue enviado como corresponsal a la zona de los Balcanes y a París.

En 1904, recopiló varios de sus relatos publicados en periódicos y los editó bajo el título Reginald. La sátira fue la forma elegida para describir a una sociedad europea de los primeros años del siglo XX. Saki no escatimó críticas a la cultura de las clases altas de Inglaterra. Muchos críticos literarios vieron en Saki un discípulo del humor y de la ironía de Oscar Wilde. A diferencia del autor de El fantasma de Canterville, *Saki abordó sus relatos con un humor que dejaba ver cierta ideología conservadora, junto a una capacidad de observación, típica de los escritores con experiencia periodística. A pesar de que su fama de escritor se la debe a sus relatos breves, publicó la novela* El insoportable Bassington, *en 1912.*

Dos años después de la edición de su única novela, al iniciarse la Primera Guerra Mundial se incorporó al ejército de los alia-

dos. En 1916 cayó muerto en las trincheras de Francia. Hasta los últimos días de su vida, desde los frentes de combate, continuaba enviando relatos a periódicos londinenses.

La ventana abierta

—Mi tía bajará en un momento —dijo la muchacha, que tendría unos quince años.

El señor Nuttel estaba haciendo una visita formal —por recomendación de su hermana—, a personas que él no conocía. Su hermana creía que una cura de sueño en ese retiro rural debía acompañarse relacionándose con gente del lugar.

—¿Conoce a muchas personas de aquí? —preguntó la joven.

—A nadie.

—Entonces no sabe nada de mi tía.

—Sólo su nombre. Me lo dio mi hermana, que estuvo hace cuatro años.

—Su gran tragedia fue hace tres años —dijo la jovencita—. Es decir, después de que se fue su hermana.

—¿Su tragedia?

—Sí. Por eso dejamos esa ventana abierta —contestó señalando el ventanal que daba al jardín.

—¿Qué tiene que ver la ventana con la tragedia?

—Hoy se cumplen tres años desde que, por esa ventana, salieron a cazar su marido y sus dos hermanos menores. Jamás regresaron. Fueron tragados por el pantano y nunca se encontraron sus cuerpos. Mi pobre tía sigue creyendo que un día regresarán y entrarán, como siempre lo hacían, por esa ventana. Ellos y el perrito que los acompañaba. ¡Cuántas veces me habrá contado cómo salieron ese día! Su marido llevaba el impermeable blanco en el brazo. A veces, en tardes tranquilas como esta, tengo la horrible sensación de que podrían volver a entrar por la ventana.

La jovencita tuvo un estremecimiento.

En ese momento, la tía entró al cuarto pidiendo disculpas por haberlo hecho esperar.

—Espero que Vera lo haya atendido bien.

—Sí, sí, me contó cosas muy interesantes.

—¿Le molesta la ventana abierta? Mi marido y mis hermanos salieron a cazar, y siempre entran por el ventanal. Van a dejar la alfombra a la miseria después de haber andado por la ciénaga.

Y siguió charlando alegremente sobre la caza y las posibilidades de encontrar patos en el invierno.

Al hombre, todo le resultaba espantoso. Quiso desviar la conversación hacia otros temas, y pensando que las enfermedades de los otros siempre interesaban a la gente, comenzó a hablar de las suyas y de la cura de sueño que debía hacer. Pero los ojos de la mujer volvían una y otra vez hacia la ventana.

En ese momento exclamó:

—¡Por fin vuelven! ¡Justo a hora para el té! ¡Están llenos de barro hasta los ojos!

El hombre miró a la jovencita, intentando transmitirle su comprensión. La muchacha miraba hacia la ventana con los ojos llenos de horror. Con un miedo que le brotaba desde adentro, el hombre miró en la misma dirección.

Tres figuras avanzaban hacia la ventana. Todos traían escopetas bajo el brazo y uno de ellos traía un abrigo blanco sobre los hombros. Los seguía un pequeño y cansado perro. Silenciosamente se acercaban a la casa.

El hombre agarró de un manotazo su bastón y su sombrero y huyó sin decir una palabra.

—Aquí llegamos —dijo el hombre del impermeable blanco, entrando por la ventana—. ¿Quién era ese que salió corriendo de aquí?

—Un hombre rarísimo, un tal Nuttel, que no hablaba de otra cosa que de sus enfermedades. Se fue corriendo, sin despedirse siquiera. Ni que hubiera visto un fantasma.

—Supongo que fue por el perro —dijo la jovencita—. Me contó que les tenía terror. Una vez, cerca del Ganges, lo persiguió una jauría de perros salvajes hasta un cementerio. Tuvo que pasar la noche en una tumba recién cavada, con los perros gruñendo y babeando encima de él. ¡Como para no tenerles miedo!

La especialidad de la muchacha era inventar historias al instante.

Tomas Hardy

Wessex es un condado rural que Hardy inventó como escenario de sus novelas. Wessex es muy parecido a Dorsetshire, situado al sur de Inglaterra, donde nació el escritor, en junio de 1840. A pesar de haber nacido rodeado de verdes campos infinitos, decidió probar suerte como arquitecto en Londres. Apenas había superado los veinte años y ya cotizaba cierto prestigio como arquitecto.

Junto con su labor de arquitecto hizo sus presentaciones como escritor con un relato llamado The poor man and the lady. *Sus publi-*

caciones eran muy aceptadas en el ambiente literario londinense. A su prestigio como arquitecto se le sumaba así, una excelente reputación como escritor. En 1871 editó su primera novela, Desesperate Remedies. *En esta novela, presentaba por primera vez la conjugación de una prosa muy cuidada, junto a un realismo extremo. Nada de lo que pasaba por el entorno de Hardy dejaba de aparecer en sus relatos.*

Sus novelas continuaron publicándose y en cada una de ellas, la crítica lo confirmaba como uno de los más grandes escritores ingleses contemporáneos.

La novela Judas, el oscuro, *de 1896, rompió ese romance con la crítica. Su temática se volvió más pesimista, pues revelaba una decepción por la sociedad de fines del siglo XIX. La crítica se dividió en dos y no todos elogiaron con altisonantes palabras cada una de sus obras. Esa visión decadente y gris de Hardy hizo que sus obras fueran comparables a otras del siglo XX, de idéntico tono pesimista.*

A pesar de esa división de aguas en el ambiente literario de Londres, una buena parte de los intelectuales pugnaban por un reconocimiento internacional para Hardy. Y así llegó al Premio Nobel de Literatura, en 1921, compartido con el francés Anatole France. Falleció siete años después.

Los tres desconocidos

Entre los pocos rasgos de la Inglaterra agrícola que conservan un aspecto apenas transformado por el transcurso de los siglos pueden contarse las extensas dunas, barrancas o pastizales de ovejas, como son llamadas según su género, que, pobladas de hierba y de retama, ocupan una gran superficie de terreno en ciertos condados del sur y del sudoeste. Si se encuentra en ellas algún signo de ocupación humana, es, por lo general, bajo la forma de la cabaña solitaria de algún pastor.

Hace cincuenta años, una de esas cabañas solitarias estaba en una de esas dunas, y es muy posible que todavía esté allí ahora. A pesar de su aislamiento, el lugar, de hecho, no distaba tres millas de una ciudad rural. Pero de poco le servía. Tres millas de terreno elevado e irregular, durante las largas estaciones hostiles, con sus temporales, nieves, lluvias y nieblas, proporcionan un margen de retirada suficiente para aislar a un Timón o a una Nabucodonosor; mucho menor durante el buen tiempo, para complacer a esa tribu menos repelente, los poetas, filósofos, artistas y demás, que "imaginan y meditan acerca de cosas agradables".

En la construcción de estas viviendas desamparadas se suele aprovechar algún viejo campamento o túmulo de tierra, algún grupo de árboles o, al menos, algún trozo derruido de una antigua valla. Pero en el presente caso, tal clase de cobijo había sido desechado. "Higher Crowstairs", como se llamaba la casa, estaba totalmente aislada y carecía de defensas. La única razón de su preciso emplazamiento parecía ser el cercano cruce de dos senderos en ángulo recto, que muy bien pueden llevarse cruzando así y allí, sus buenos quinientos años. Por consiguiente, la casa estaba expuesta a los elementos, por sus cuatro costados. Pero aunque aquí arriba el viento soplaba de manera inconfundible cuando soplaba, y la lluvia calaba hondo cuando caía, los diferentes tiempos de la estación invernal no eran tan hostiles en la duna como los habitantes de tierras más bajas suponían. Las crudas escarchas no eran tan perniciosas como en las depresiones, y las heladas probablemente no resultaban tan severas. Cuando se compadecía al pastor que arrendaba la casa, y a su familia, por estar sometidos a las intemperies, decían que, en conjunto, las ronqueras y las flemas les molestaban menos que cuando habían vivido junto al torrente de un abrigado valle cercano.

La noche del 28 de marzo de 1829 era precisamente una de aquellas noches que solían provocar estas expresiones de contemplación. La lluvia de la tormenta, que caía sesgada, batía los muros, las pendientes y los vallados como las flechas de una vara de longitud de Senlac y Crecy. Las ovejas y demás animales, sin refugio, aguantaban fuera con las sacudidas del viento; mientras las colas de los pajarillos que trataban de sostenerse sobre alguna delgada espina se abrían y cerraban como paraguas, azotadas por el vendaval. El hastial de la cabaña estaba manchado de humedad, y el agua que resbalaba desde los aleros golpeaba la pared. Pero nunca fue la conmiseración por el pastor menos adecuada. Porque aquel alegre rústico estaba dando una gran fiesta para celebrar el bautismo de su segunda hija.

Los invitados habían llegado antes de empezar a llover, y ahora estaban todos reunidos en la habitación principal o sala de estar de la morada. Una ojeada al lugar, a las ocho en punto de esta noche llena de acontecimientos, habría dado como resultado la opinión de que aquel era el rincón más cómodo y acogedor que se podría desear en un día de tiempo turbulento. La vocación del inquilino estaba indicada por una serie de cayados de pastor, muy pulidos, colgados encima de la chimenea, a manera de adorno; la curva de cada resplandeciente cayado era distinta: desde el tipo anticuado, del que había grabados en las ilustraciones patriarcales de las viejas Biblias familiares, hasta el estilo más aceptado de la última feria local de ganado. La habitación estaba iluminada por media docena de bujías, cuyas mechas eran sólo un poco más pequeñas que el sebo que las envolvía, puestas en unos candeleros que no se utilizaban más que en días señalados, fiestas de guardar o fiestas familiares. Las luces estaban esparcidas por el cuarto, dos de ellas colocadas sobre la repisa de la chimenea. La colocación de las bujías era en sí significativa: las bujías sobre la repisa de la chimenea siempre indicaban que había fiesta.

En el hogar, delante de un tizón, puesto al fondo para dar sustancia, resplandecía un fuego de espinos, que crepitaba "como la risa de los locos".

Diecinueve personas estaban allí reunidas. De estas, cinco mujeres, que lucían vestidos de variados y vivos colores, se habían sentado en sillas a lo largo de la pared; muchachas tímidas y no tímidas se apiñaban en el banco de la ventana; cuatro hombres, entre ellos Charley Jake, el carpintero; Elijah New, el sacristán de la parroquia, y John Pitcher, un lechero de la vecindad, suegro del pastor, estaban repantigados en un banco largo; un joven y una mocita, que se sonrojaban en sus tentativas de *pourparlers* acerca de una vida en común, estaban sentados debajo de la rinconera; y un hombre entrado en años (de cincuenta o más), prometido con una joven, iba sin descanso de los lugares en que su novia no estaba, al lugar en que ella se hallaba. La alegría era bastante general, y tanto más prevalecía al no verse estorbada por restricciones convencionales. La total confianza de cada uno en la buena intención del otro engendraba una perfecta naturalidad, mientras que las acabadas maneras, que daban pie a una serenidad verdaderamente principesca, procedían en la mayoría de ellos de la ausencia de toda expresión o rasgo que denotase que deseaban triunfar en la vida, ampliar sus conocimientos o hacer algo deslumbrante, cosas que en la actualidad cortan con tanta frecuencia el brote y la bonhomía de todo el mundo, a excepción de los dos extremos de la escala social.

El pastor Fennel había hecho una buena boda; su mujer, hija de un lechero de un valle no muy cercano, había traído cincuenta guineas en el bolsillo y las había guardado allí hasta que hubieran de ser requeridas para satisfacer las necesidades de una familia venidera. Esta previsora mujer tenía ya alguna experiencia en relación con el carácter que se le debía dar a la fiesta. Una reunión en la que los invitados permanecieran tranquilamente sentados tenía ya sus ventajas; pero una imperturbable quietud en las sillas y en los bancos podía conducir a los hombres a una desmesura tal en la bebida, que a veces se bebían prácticamente la casa entera. Una fiesta con baile era la alternativa, mas… si bien eliminaba el anterior reparo en cuestión de bebida, tenía, en cambio, una desventaja en cuanto a la comida, pues el ejercicio provocaba hambres famélicas que hacían estragos en la despensa. La pastora Fennel recurrió a la solución intermedia de alternar bailes cortos con breves períodos de charla y canciones, para impedir así todo entusiasmo desenfrenado en cualquiera de los dos. Pero esta idea funcionaba exclusivamente en su propia y moderada cabecita: el mismo pastor se sentía inclinado a hacer gala de la más despreocupada hospitalidad.

El violinista era un muchacho de la región, de unos doce años, que tenía una maravillosa destreza para las gigas y los *reels*[1], a pesar de que sus dedos eran tan cortos que tenía que cambiar de postura constantemente para llegar a las notas altas, de las que regresaba a la primera postura a duras penas y con sonidos que no eran de una absoluta pureza de tono. A las siete había empezado el estridente forcejeo de este jovencito, acompañado por los bajos atronadores de Elijah New, el sacristán de la parroquia, que, previsoramente, se había traído su instrumento musical favorito, el serpentón. El baile comenzó de inmediato, encargando la señora Fennel a los músicos, en privado, que de ninguna manera permitiesen que durara más de un cuarto de hora cada vez.

Pero Elijah y el muchacho, dejándose llevar por el entusiasmo de su quehacer, se olvidaron por completo de la orden. Además, Oliver Giles, joven de diecisiete años y uno de los

1 Reel: Baile con mucho ritmo, típico de Escocia. (N. del E.)

bailarines, que estaba enamorado de su pareja —una chica rubia de treinta y tres ajetreados años— con gran osadía había entregado a los músicos una moneda de nueva corona, a manera de soborno, para que siguieran tocando mientras tuviesen fuerzas y aliento. La señora Fennel, al ver que el sudor empezaba a asomar a los semblantes de sus invitados, cruzó la habitación y tocó en el codo al violinista, al tiempo que ponía una mano en la boquilla del serpentón. Pero no se dieron por enterados, y ella, temiendo poder perder su imagen de anfitriona complaciente si intervenía de manera demasiado brusca, se retiró y se volvió a sentar, impotente. Y así la danza siguió zumbando con cada vez más furia, los ejecutantes moviéndose como planetas en sus trayectorias, hacia adelante y hacia atrás, de apogeo a perigeo, hasta que la aguja del maltratado y viejo reloj que estaba al fondo de la habitación hubo viajado por espacio de más de una hora.

Mientras estos alegres sucesos tenían lugar dentro de la morada pastoril de Fennel, un incidente que tiene considerable relación con la fiesta había ocurrido fuera, en la lóbrega noche. La inquietud de la señora Fennel por la creciente violencia de la danza coincidía en el tiempo, con la aparición de una figura humana, procedente de la dirección de la lejana ciudad rural, por la solitaria colina que llevaba a Higher Crowstairs. Este personaje andaba a zancadas, sin pausa, a través de la lluvia, siguiendo la poco hollada senda que, en una parte más avanzada de su curso, pasaba junto a la cabaña del pastor.

Era casi la hora de luna llena, y por esta razón, a pesar de que el cielo estaba cubierto por una uniforme sábana de nubes que goteaban, los objetos más conocidos del campo eran fácilmente distinguibles. La triste luz macilenta revelaba que el solitario caminante era un hombre de complexión flexible; su forma de andar indicaba que había dejado algo atrás la edad en que la agilidad es perfecta e instintiva, aunque no tan atrás como para que sus movimientos fuesen otra cosa que rápidos cuando la ocasión lo requería. A primera vista podría tener unos cuarenta años. Parecía alto, pero un sargento de reclutamiento u otra persona acostumbrada a calcular a ojo la altura de la gente habría notado que tal apreciación se debía sobre todo a su delgadez, y que no medía más de cinco pies y entre ocho y nueve pulgadas.

No obstante la regularidad de sus pisadas, había cautela en ellas, como en las de alguien que tantea mentalmente el camino; y a pesar de que no llevaba puesto un abrigo negro ni ningún otro tipo de prenda oscura, había algo en torno a él que sugería que pertenecía, por naturaleza, a la tribu de hombres que llevan abrigo negro. Sus ropas eran de fustán, y sus botas, de tachuelas; y, sin embargo, mientras avanzaba, no parecía tener los pasos acostumbrados al barro, como era habitual en la gente de campo que viste fustán y calza botas con tachuelas.

En el momento de llegar a las posesiones del pastor la lluvia caía, o más bien volaba, con aún más resuelta violencia. Las inmediaciones del pequeño lugar amortiguaban parcialmente la fuerza del viento y de la lluvia, y esto le indujo a detenerse. De las construcciones caseras del pastor, lo que más atraía la atención era una pocilga vacía en la esquina delantera del jardín abierto, pues en estas latitudes, era desconocido el principio de esconder tras una fachada convencional las partes más feas del edificio. La mirada del viajero se fijó en esta construcción, a causa del pálido brillo de las lastras de pizarra mojadas que lo cubrían. Se acercó y, al encontrarlo vacío, se refugió debajo del cobertizo.

Mientras estaba allí, el estruendo del serpentón en el interior de la casa vecina y las más tenues melodías del violinista llegaron hasta el lugar, como un acompañamiento del silbido ondulante de la lluvia voladora cayendo sobre la hierba, batiendo con mayor fuerza sobre las hojas de col del jardín y sobre las cubiertas de paja puestas encima de ocho a diez colmenas de abejas, que apenas se divisaban desde la senda; el agua goteaba desde los aleros sobre una hilera de cubos y cacerolas colocados junto a los muros de la cabaña. Sí, pues en Higher

Crowstairs, como en todo hogar de elevado emplazamiento, la gran dificultad para los quehaceres domésticos era la insuficiencia de agua; y se aprovechaba la caída de una lluvia repentina para sacar todos los utensilios que hubiera en la casa y utilizarlos de recipientes. Se podrían contar algunas historias curiosas acerca de los inventos que para economizar agua al lavarse y al fregar los platos se tienen que hacer en las viviendas de las tierras altas durante las sequías del verano. Pero en esta estación no había tales problemas; aceptar simplemente lo que los cielos otorgaban era suficiente para tener una abundante provisión.

Por fin, cesaron las notas del serpentón y el silencio se hizo en la casa. Este cese de actividad despertó al caminante solitario del ensueño en que se había dejado sumir, y saliendo del cobertizo, aparentemente con un nuevo propósito, fue hasta la puerta de la casa. Una vez allí, su primera acción fue arrodillarse sobre una gran piedra que había junto a la fila de recipientes y beber un copioso trago de uno de ellos. Apaciguada su sed, se incorporó y levantó la mano para llamar, pero se detuvo con la mirada en la puerta. Puesto que la oscura superficie de madera no revelaba nada en absoluto, era evidente que tenía que estar mirando con su imaginación a través de la puerta, como si deseara así calcular las posibilidades que una casa de este tipo podría ofrecerle y prever las reacciones que su presencia podría suscitar.

En su indecisión, se volvió y examinó el panorama que había a su alrededor. No se veía un alma por ninguna parte. La senda del jardín se extendía desde sus pies hasta abajo, lanzando destellos, como si fuera el rastro dejado por un caracol; el tejado del pequeño pozo (casi seco), la tapa del pozo, la barra superior de la portezuela del jardín, estaban barnizados por la misma capa líquida deslucida; mientras, a lo lejos, en el valle, una débil blancura que ocupaba una extensión más que corriente, mostraba que los ríos corrían caudalosos en las praderas. Más allá, luces turbias parpadeaban a través de las gotas de lluvia; luces que indicaban la situación de la ciudad rural, de donde él parecía haber venido. La ausencia de todo signo de vida en aquella dirección pareció reafirmarle en sus propósitos, y llamó a la puerta.

Dentro, una charla desinteresada había sustituido a la música y al movimiento. El carpintero estaba proponiendo a la compañía cantar una canción, y nadie en aquel instante se había ofrecido para empezar, de modo que la llamada proporcionó un motivo de distracción que no fue mal recibido.

—¡Adelante! —dijo el pastor, cumplidamente.

El picaporte se movió hacia arriba, y nuestro caminante, saliendo de la noche, apareció sobre el felpudo. El pastor se puso en pie, despabiló las dos bujías que tenía más a mano y se volvió para mirarle.

La luz de las bujías dejó ver que el desconocido era moreno y de facciones más bien agraciadas. El sombrero, que mantuvo puesto por un momento, le caía sobre los ojos, pero no ocultaba que estos eran grandes, abiertos y decididos y que se movían más con un relampagueo que con un destello, a lo largo y ancho de la habitación. Pareció complacido con su inspección y, descubriéndose la cabeza peluda, dijo con voz cálida y profunda:

—La lluvia es tan espesa, amigos, que pido permiso para entrar y descansar un rato.

—Cómo no, forastero —dijo el pastor—. Y a fe que ha tenido usted suerte al escoger la ocasión, porque estamos celebrando una pequeña fiesta por un feliz motivo, aunque, desde luego, un hombre difícilmente podría desear que ese feliz motivo tuviera lugar más de una vez al año.

—Ni menos —dijo una mujer—. Porque cuanto antes empieces y acabes con la familia, antes te quitarás un buen peso de encima.

—¿Y cuál es ese feliz motivo? —preguntó el desconocido.

—Un nacimiento y un bautismo —contestó el pastor.

El desconocido dijo que esperaba que su anfitrión no llegara a ser desdichado ni por muchos ni por demasiado pocos acontecimientos de aquella índole y, al ser invitado con un ademán, a tomar un trago del pichel, aceptó de buena gana. Sus maneras, que antes de entrar habían sido tan vacilantes, eran ahora, por el contrario, las de un hombre cándido y despreocupado.

—Tarde para estar rodando por esta barranca ¿eh? —dijo el hombre de cincuenta años que estaba prometido a una joven.

—Tarde es, amigo, como dice usted. Tomaré asiento en el rincón de la chimenea, si no tiene usted inconveniente, señora; estoy un poco mojado por el lado que más cerca estaba de la lluvia.

La señora del pastor Fennel asintió e hizo lugar para el recién llegado, el cual, tras encajonarse de lleno en el rincón de la chimenea, estiró las piernas y los brazos, con la desenvoltura del que se siente como en su propia casa.

—Sí, necesito un buen remiendo —dijo con franqueza al ver que los ojos de la mujer del pastor se habían posado sobre sus botas—, y tampoco voy muy acicalado que digamos. He tenido una mala racha últimamente y me he visto obligado a ponerme lo que he podido encontrar por ahí, pero tengo que conseguir un traje de a diario que me siente mejor cuando llegue a casa.

—¿Su casa es alguna de las de por aquí?

—No exactamente...; está algo más lejos, más hacia el interior.

—Eso me suponía. Pues de por ahí soy yo; y por el acento calculo que debe ser usted de mi vecindad.

—Pero difícilmente habrá oído hablar de mí —dijo él rápidamente—. Ya ve usted que mis tiempos fueron muy anteriores a los suyos, señora.

Este homenaje a la juventud de la anfitriona tuvo el efecto de interrumpir el interrogatorio.

—Sólo me falta una cosa para ser feliz del todo —prosiguió el recién llegado—. Y es un poco de tabaco que, lamento decirlo, se me ha acabado.

—Le llenaré la pipa —dijo el pastor.

—Tengo que pedirle que también me deje una pipa.

—¿Un fumador que no lleva pipa?

—Se me cayó en algún lugar del camino.

El pastor llenó una pipa nueva de arcilla y se la alcanzó, al tiempo que decía:

—Deme su tabaquera. Se la llenaré también, ahora que estoy en ello.

El hombre se puso a buscar en los bolsillos.

—¿También se le ha perdido? —preguntó su anfitrión con cierta sorpresa.

—Eso me temo —dijo el hombre, con alguna confusión—. Póngamelo en un rollo de papel.

Encendió la pipa con una vela y le dio una chupada que aspiró toda la llama en la cazoleta; se volvió a acomodar en el rincón y dirigió su mirada hacia el leve vapor que despedían sus piernas húmedas, como si ya no quisiera decir nada más.

Entretanto, la masa de los invitados, en general, no había prestado mucha atención al visitante, a causa de una absorbente discusión que habían estado sosteniendo con la banda acerca de la canción para el siguiente baile. Resuelto ya el problema, estaban a punto de levantarse para empezar, cuando tuvo lugar una interrupción en la forma de otra llamada a la puerta.

Al oír el ruido de los golpes, el hombre del rincón de la chimenea aferró el atizador del fuego y se puso a remover las brasas como si el hacer tal cosa a conciencia fuera el único fin de su existencia; y por segunda vez el pastor dijo:

—¡Adelante!

Otro hombre apareció sobre el felpudo de paja, al cabo de unos segundos. También era un desconocido.

Este individuo era de un tipo radicalmente opuesto al del primero. Había más vulgaridad en su porte, y sus facciones expresaban cierto cosmopolitismo jovial. Era varios años mayor que el primero, tenía el pelo ligeramente cubierto de escarcha, las cejas hirsutas y las patillas recortadas. La cara era más bien blanda y rellena, si bien no era un rostro enteramente carente de fuerza. Las cercanías de su nariz estaban señaladas por unas cuantas manchitas rojas producidas por el grog. Se quitó su largo gabán gris pardusco revelando que debajo llevaba un traje de un tinte gris ceniza, y colgando de su faltriquera, a modo de único adorno personal, grandes y pesados sellos, de alguna clase de metal que de buena gana habría admitido una limpieza. Sacudiendo las gotas de agua de su lustroso sombrero de copa baja, dijo:

—Debo pedir cobijo durante unos minutos, camaradas, si no quiero llegar a Casterbridge calado hasta los huesos.

—Está usted en su casa, compañero —dijo el pastor, un poco menos cordialmente que en la primera ocasión.

No es que Fennel tuviera el menor ingrediente de egoísmo en la composición de su carácter, pero la habitación distaba de ser grande, las sillas sin ocupar no eran numerosas y para las mujeres y muchachas, con sus vestidos de vivos colores, no era muy apetecible estar en la apretada compañía de unos hombres que llegaban empapados.

Pero el segundo visitante, después de quitarse el gabán y colgar el sombrero de un clavo que asomaba de una de las vigas del techo —como si hubiera sido invitado a dejarlo concretamente allí—, avanzó y se sentó junto a la mesa. La habían corrido hasta muy cerca del rincón de la chimenea para dejar libre a los bailarines todo el espacio del que se pudiera disponer, de manera que el borde más metido de la mesa rozaba el codo del hombre que se había acomodado al lado del fuego; y así los dos desconocidos se encontraron prestándose mutua compañía. Hicieron un gesto con la cabeza el uno al otro, para romper las barreras impuestas por la falta de presentación, y el primer desconocido le pasó a su vecino el pichel de la familia, un enorme recipiente de barro marrón, con el borde superior tan gastado como un umbral, por el uso de generaciones enteras de labios sedientos que ya habían seguido el camino de toda la carne, y con la siguiente inscripción grabada a fuego y con letras amarillas sobre la parte circular: NO HAY DIVERSION HASTA QUE LLEGO YO.

El otro hombre, nada remiso, se llevó el pichel a los labios, y bebió, bebió y bebió..., hasta que un azul extraño se extendió por el semblante de la mujer del pastor, que había observado, con no poca sorpresa, el libre ofrecimiento del primer desconocido al segundo, de lo que no le correspondía administrar a él.

—¡Lo sabía! —le dijo el borrachín al pastor, con gran satisfacción—. Al atravesar el jardín, antes de entrar, y ver las colmenas todas en fila, me dije: "Donde hay abejas hay miel, y donde hay miel hay aloja". Pero, con franqueza, no esperaba encontrar ni en mi vejez una aloja tan reconfortante como esta.

Tomó otro trago más de pichel y bebió hasta que este adoptó una peligrosa inclinación.

—¡Me alegro de que le guste! —dijo el pastor, con efusividad.

—Es una aloja bastante buena —asintió la señora Fennel con una falta de entusiasmo que parecía estar diciendo que a veces los elogios de la bodega propia se tenían que comprar a un precio demasiado elevado—. Bastante problema es hacerla..., y, con franqueza, creo que apenas haremos más. Porque la miel se vende bien, y nosotros nos las podemos arreglar con unas gotas de aloja floja y de aguamiel que saquemos de los lavados del panal para el uso diario.

—¡Oh, pero no será capaz! —gritó con reproche el desconocido del traje gris ceniza, después de tomar el pichel por tercera vez y dejarlo, vacío, sobre la mesa—. Me encanta la aloja, cuando es añeja como esta, tanto como me encanta ir a misa los domingos o ayudar al que necesita cualquier día de la semana.

—¡Ja, ja, ja! —rió el hombre del rincón de la chimenea que, a pesar del silencio en el que lo había sumido la pipa llena de tabaco, no pudo o no quiso contenerse y brindó este ligero homenaje al humor de su camarada.

La vieja aloja de aquellos tiempos, elaborada con la más pura miel de un año o miel virgen, a cuatro libras el galón —con su debido complemento de claras de huevo, canela, jengibre, dientes de ajo, macis, romero, levadura, más los procesos de elaboración, embotellamiento y bodega— tenía un sabor extraordinariamente fuerte; pero el sabor no era tan fuerte como de hecho lo era la bebida. De aquí que, al cabo de un rato, el desconocido del traje gris ceniza que estaba sentado junto a la mesa, inducido por la ascendente influencia del brebaje, se desabrochara el chaleco, se repantigara en su silla, estirara las piernas e hiciera notar su presencia de varias formas.

—Bien, bien; como dije —volvió a empezar—, voy a Casterbridge, y a Casterbridge he de ir. Casi debería estar ya allí; pero la lluvia me condujo a su morada, y la verdad es que no lo siento.

—Usted no vive en Casterbridge, ¿verdad? —dijo el pastor.

—Todavía no; aunque pienso trasladarme allí dentro de poco.

—¿A establecerse con algún negocio, tal vez?

—No, no —dijo la mujer del pastor—. Se puede ver con facilidad que el caballero es rico y no necesita trabajar en absoluto.

El desconocido del traje gris ceniza hizo una pausa, como para considerar si debía aceptar aquella definición de él. Al cabo de unos segundos la rechazó, al decir:

—Rico no es la palabra apropiada para mí, señora. Yo trabajo y tengo que trabajar. E incluso aunque llegara a Casterbridge a medianoche, mañana tendría que estar trabajando allí a las ocho de la mañana. Sí, llueva o nieve, haga frío o calor, haya hambre o guerra, mi jornada de trabajo ha de cumplirse mañana.

—¡Pobre hombre! Entonces, a pesar de las apariencias, ¿está usted peor que nosotros? —replicó la mujer del pastor.

—Es la índole de mi oficio, damas y caballeros. Es la índole de mi oficio más que mi pobreza... Pero, franca y verdaderamente, debo levantarme e irme, o no encontraré alojamiento en el pueblo—. Sin embargo, el hombre no se movió y añadió en el acto: —Hay tiempo para un trago más de amistad antes de que me vaya; y lo tomaría inmediatamente si el pichel no estuviera seco.

—Aquí hay un pichel de aloja floja —dijo la señora Fennel—. Floja la llamamos, aunque, en verdad, es sólo del primer lavado de los panales.

—No —dijo el desconocido, con desdén—. No echaré a perder su primera gentileza al tomar de la segunda.

—Desde luego que no —intervino Fennel—. No crecemos y nos multiplicamos todos los días, y llenaré el pichel de nuevo.

Y fue al oscuro lugar bajo las escaleras, donde estaba el barril. La pastora le siguió.

—¿Por qué has tenido que hacer eso? —le preguntó con reproche, en cuanto estuvieron solos—. Ya lo ha vaciado una vez, y eso que había suficiente para diez personas; y ahora no se contenta con la floja, ¡sino que tiene que pedir más de la fuerte! Es un forastero al que ninguno de nosotros conoce. Por mi parte, no me gusta en absoluto el aspecto de ese hombre.

—Pero está en casa, cariño, y es una noche de lluvia, y hay un bautismo. Vamos, ¿qué es una copa de aloja más o menos? Tendremos mucha más en la próxima recogida de miel.

—Muy bien... Por esta vez, pues —contestó ella mirando el barril con ansiedad—. Pero ¿cuál es su profesión y de dónde proviene para entrar y unirse así a nosotros?

—No lo sé. Se lo preguntaré otra vez.

Ahora, la señora Fennel se cuidó de evitar eficazmente la catástrofe de encontrarse con el pichel seco después de un solo trago del desconocido del traje gris ceniza. Le echó su ración en una jarra pequeña, manteniendo la grande a una distancia prudente. Cuando el hombre se hubo bebido su parte de un trago, el pastor repitió su pregunta acerca de la ocupación del desconocido.

Este no respondió inmediatamente, y el hombre de la chimenea, con súbita simpatía, dijo:

—El que quiera puede saber mi profesión: soy carretero.

—Una profesión muy buena en estos parajes —dijo el pastor.

—Y el que quiera puede saber la mía..., si tiene la habilidad de averiguarla —dijo el desconocido del traje gris ceniza.

—Por lo general, se puede decir lo que un hombre es, por sus garras —observó el carpintero mirándose sus propias manos—. Mis dedos tienen tantas astillas como alfileres un alfiletero viejo.

Las manos del hombre de la chimenea buscaron la sombra instintivamente, y se puso a mirar el fuego mientras volvía a su pipa. El hombre de la mesa se hizo eco de la observación del carpintero, y agregó pícaramente:

—Cierto; pero lo curioso de mi profesión es que, en vez de dejar una señal en mí, deja una señal en los clientes.

Al no ofrecer nadie solución alguna que aclarara este enigma, la mujer del pastor propuso, una vez más, que alguien cantase una canción. Se presentaron los mismos inconvenientes que la primera vez: uno no tenía voz, otro había olvidado la primera estrofa... El desconocido de la mesa, cuyo grado de animación había alcanzado ahora buena temperatura, superó la dificultad, al exclamar que, con el fin de que la compañía se animara después, él mismo cantaría. Introduciendo el pulgar en la sobaquera del chaleco, agitó la otra mano en el aire y, con una mirada improvisada y rápida a los brillantes cayados de pastor que estaban sobre la repisa de la chimenea, empezó:

Mi profesión es la más sorprendente,
sencillos pastores todos.
Mi profesión es algo que vale la pena ver;
porque a mis clientes ato, y muy alto los levanto.
Y por el aire los llevo hasta un lejano país.

La habitación permaneció en silencio cuando terminó la estrofa, con una excepción, la del hombre de la chimenea que, a la voz de "¡Coro!" del cantante, se unió a él con una voz grave y profunda, apta para la música:

Y por el aire los llevo hasta un lejano país.

Oliver Giles, John Pitcher el lechero, el sacristán de la parroquia, el hombre de cincuenta años que estaba prometido a una jovencita, las chicas alineadas contra la pared, todos parecían estar perdidos en pensamientos de la índole más ominosa. El pastor miraba meditativamente el suelo, la pastora miraba inquisitivamente al cantante, con algún recelo; dudaba si el desconocido estaba simplemente cantando una canción de memoria o si estaba componiendo una, allí y entonces, para la ocasión. Todos quedaron perplejos ante la oscura revelación, como los invitados de la fiesta de Baltasar, excepto el hombre de la chimenea, que dijo tranquilamente:

—Segunda estrofa, caballero —y siguió fumando.

El cantante se humedeció los labios para adentro, a conciencia, y continuó con la segunda estrofa, tal y como se le había pedido:

Mis herramientas son muy vulgares,
sencillos pastores todos.
Una pequeña cuerda de cáñamo
y un poste en el que colgar
son instrumentos suficientes para mí.

El pastor Fennel miró a su alrededor. Ya no cabía duda de que el desconocido estaba respondiendo, con música, a su pregunta. Todos los invitados expresaron disgusto, con exclamaciones sofocadas. La joven prometida al hombre de cincuenta años, medio se desmayó, y lo habría hecho del todo; pero al darse cuenta de que él estaba presto a recogerla, se sentó temblando.

—¡Oh, es él!... —susurró la gente que estaba más al fondo, mencionando el nombre de un siniestro funcionario público—. ¡Ha venido para hacerlo! Tiene que estar en la cárcel de Casterbridge mañana...; el hombre que robó una oveja...; el pobre relojero del que nos contaron que vivía en Shottsford y nunca tenía trabajo... Timothy Summers, su familia se estaba muriendo de hambre, y entonces él salió de Shottsford por la carretera y tomó una oveja en pleno día, desafiando al granjero, y a la mujer del granjero y al chico del granjero, y a todos los mozos que estaban con ellos. Este —y señalaron con la cabeza al hombre de la profesión fatal— ha venido del interior para hacerlo porque en su propio pueblo no hay bastante trabajo, y ahora que el de nuestro condado se ha muerto, este ha conseguido el puesto de aquí; va a vivir en la misma casucha que está junto a los muros de la prisión.

El desconocido del traje ceniza no hizo caso de esta cadena de susurros y comentarios, y de nuevo se volvió a humedecer los labios. Viendo que su amigo del rincón de la chimenea era el único que de alguna manera respondía a su jovialidad, elevó su copa en dirección a aquel grato camarada, que también levantó la suya. Las hicieron chocar; los ojos del resto de la habitación estaban pendientes de los movimientos del cantante. Este abrió la boca para dar comienzo a la tercera estrofa, pero en aquel instante llamaron a la puerta una vez más. Esta vez, la llamada era débil e indecisa.

La compañía pareció asustarse; el pastor miró hacia la entrada con temor, y tuvo que hacer cierto esfuerzo para resistir la mirada suplicante de su amada mujer y pronunciar por tercera vez la expresión de bienvenida.

—¡Adelante!

La puerta se abrió suavemente y otro hombre apareció sobre el felpudo. Era, como los que le habían precedido, un desconocido. Esta vez se trataba de un hombre bajo, menudo, de tez blanca y vestido con un traje de tela oscura, muy decoroso.

—¿Podrían indicarme el camino para...? —empezó, pero se interrumpió cuando, al recorrer con la vista la habitación para observar en qué clase de compañía se encontraba, sus ojos se posaron sobre el desconocido del traje gris ceniza. Fue justo en el instante en que este, entusiasmado con su canción, apenas si había hecho caso de la interrupción y, a su vez, acallaba todos los murmullos y preguntas al prorrumpir en la tercera estrofa:

Mañana es mi día de trabajo,
sencillos pastores todos.
Mañana es un día de trabajo para mí:
Porque a la oveja del granjero han matado, y
al joven que lo hizo, apresado.
¡Y que de su alma tenga Dios piedad!

El desconocido del rincón de la chimenea, brindando con el cantante con tanta energía que la aloja se desparramó, salpicando el fuego del hogar, repitió con su voz grave, como antes:

¡Y que de su alma tenga Dios piedad!

Durante todo este rato, el tercer desconocido había permanecido de pie en la entrada. Al ver ahora que ni pasaba ni continuaba hablando, los invitados se volvieron para mirarlo. Vieron con sorpresa que frente a ellos estaba el vivo retrato del terror más abyecto —las rodillas le temblaban, su mano se agitaba con tanta violencia que el picaporte de la puerta, sobre el cual se apoyaba para no caer, sonaba como una matraca; tenía los labios blancos separados, y los ojos fijos en el alegre encargado de la justicia, que estaba en el centro de la habitación—. Un segundo más tarde, el tercer desconocido había dado media vuelta, cerrado la puerta y huido.

—¿Quién sería? —dijo el pastor.

Los demás, ante el temor de la reciente sorpresa y la extraña conducta del tercer visitante, parecían no saber qué pensar y no dijeron nada. Instintivamente se fueron apartando más y más del cruel caballero del centro, a quien algunos parecían tomar por el mismísimo príncipe de las tinieblas, hasta que se retiraron del todo, formando un círculo, y quedó un espacio de suelo vacío entre ellos y él:

...circulus, cujus centrum diabolus.

La habitación quedó tan en silencio —a pesar de que había más de veinte personas en ella— que no se podía oír más que el repiqueteo de la lluvia en los postigos, acompañado por el ocasional chisporroteo de alguna gota solitaria que caía por la chimenea al fuego y por las acompasadas bocanadas del hombre del rincón, que ahora, de nuevo, estaba fumando su larga pipa de arcilla.

El silencio se vio roto inesperadamente. El ruido lejano de un arma de fuego repercutió a través del aire; procedía, aparentemente, de la dirección del pueblo.

—¡Maldición! —gritó el desconocido que había cantado la canción, dando un salto.

—¿Qué sucede? —preguntaron varios.

—Un preso se ha escapado de la cárcel; eso es lo que sucede.

Todos prestaron atención. El ruido se repitió, y nadie habló, salvo el hombre del rincón de la chimenea, que dijo pausadamente:

—Me habían contado a menudo que en este condado disparan un tiro en ocasiones como esta, pero hasta ahora nunca lo había oído.

—Me pregunto si no habrá sido *mi* hombre —murmuró el personaje del traje gris ceniza.

—¡Seguro que sí! —dijo involuntariamente el pastor—. ¡Y además lo hemos visto! ¡El hombre pequeño que miró desde la puerta hace un momento y se echó a temblar como una hoja al verle a usted y escuchar la canción!

—Los dientes le castañeteaban y se quedó sin habla —dijo el lechero.

—Y pareció que dentro el corazón se le hundía como una piedra —añadió Oliver Giles.

—Y salió corriendo como si le hubieran disparado un tiro —dijo el carpintero.

—Es verdad. Los dientes le castañeteaban y pareció que se le hundía el corazón; y salió corriendo como si le hubieran disparado un tiro —repasó lentamente el hombre del rincón de la chimenea.

—No me di cuenta —respondió el verdugo.

—Todos nos estábamos preguntando qué le habría hecho salir corriendo tan espantado —balbuceó una de las mujeres que estaban junto a la pared—. ¡Y ahora resulta bien claro!

Las descargas de la pistola de alarma, hondas y sombrías, siguieron sucediéndose a intervalos, y las sospechas se hicieron ciertas. El siniestro caballero del traje gris se despabiló.

—¿Hay aquí algún guardia? —preguntó con voz gruesa—. Si así es, déjenlo avanzar.

El hombre de cincuenta años que estaba prometido avanzó, trémulo, desde la pared, en tanto que su novia empezaba a sollozar sobre el respaldo de la silla.

—¿Es usted un guardia oficial?

—Lo soy, señor.

—Entonces consiga ayuda, persiga al criminal inmediatamente y tráigalo aquí. No puede haber ido muy lejos.

—Lo haré, señor; lo haré...; en cuanto me arme con mi cachiporra. Iré a casa por ella y vendré aquí volando, y nos pondremos en marcha juntos.

—¡La cachiporra!... ¡La cachiporra! ¡El hombre se habrá largado!

—Pero no puedo hacer nada sin tenerla, ¿verdad, William, y John, y Charles Jake? No; porque lleva pintada en amarillo y oro la corona real del rey, y el león y el unicornio, de modo que cuando la levanto para pegar al prisionero, el golpe que le doy es un golpe legal. Nunca trataría de apresar a un hombre sin mi cachiporra..., no, yo no. Si no tuviera a la ley para darme coraje ¡toma!, en vez de apresarle yo a él, él me podría apresar a mí.

—Está bien, yo mismo soy un hombre del rey y estoy al servicio de la corona, y puedo darle la autoridad necesaria para esto —dijo el tremendo funcionario del traje gris—. Así, pues, prepárense todos ustedes. ¿Tienen linternas?

—Sí, ¿tienen linternas? ¡Les pregunto yo! —dijo el guardia.

—Y el resto de ustedes, que son hombres forni...

—¡Hombres fornidos! ¡Sí! ¡El resto de ustedes! —dijo el guardia.

—¿Tienen algunas varas recias y algunas horcas?

—¡Varas y horcas... en nombre de la ley! ¡Tómenlas y vayan en su búsqueda, y hagan lo que les decimos nosotros, la autoridad!

Los hombres, así organizados, se dispusieron a dar caza al fugitivo. Las pruebas, aunque circunstanciales, eran, en efecto, tan convincentes que apenas si hicieron falta argumentos para hacer ver a los invitados del pastor que, después de lo que habían contemplado, aquello tendría aspecto de confabulación si no se lanzaban inmediatamente a perseguir al tercer y desdichado forastero que todavía no podía haberse alejado más que unos cientos de yardas por un terreno tan desparejo.

Un pastor está siempre bien provisto de linternas, y así los hombres, tras encenderlas apresuradamente, y con varas de zarzo en las manos, se precipitaron al exterior y tomaron la dirección de la cima de la colina, opuesta a la del pueblo. La lluvia, por fortuna, había cesado un poco.

Despertada por el ruido, o posiblemente por desagradables sueños relacionados con el bautismo, la niña que había sido bautizada empezó a llorar angustiosamente en la habitación del piso de arriba. Estas notas de dolor llegaron, a través de las rendijas del suelo, a los oídos de las mujeres que estaban abajo, que subieron corriendo una tras otra y parecieron alegrarse de tener aquel pretexto para ir arriba a consolar a la criatura, pues los incidentes de la última media hora las habían hecho sentirse enormemente desasosegadas. Así, en cuestión de dos o tres minutos, la habitación del piso inferior quedó totalmente desierta.

Pero no por mucho tiempo. Apenas se había apagado el ruido de las pisadas, cuando un hombre, que venía de la dirección que habían tomado los perseguidores, dobló la esquina de la casa. Atisbó desde la puerta y, al ver que no había nadie dentro, entró cautelosamente. Era el desconocido del rincón de la chimenea, que había salido con los demás. El motivo de su regreso se pudo ver cuando se sirvió un pedazo, ya cortado, del pastel de nata que había encima de un anaquel, al lado de donde él había estado sentado y que parecía haber olvidado llevarse. También se echó media copa más de la aloja que quedaba, y comió y bebió con voracidad y sed, mientras permanecía allí. No había terminado cuando, de manera igualmente silenciosa, entró otra figura: era su amigo del traje gris ceniza.

—Oh, ¿está usted aquí? Creí que se había ido para ayudar en la captura—. A su vez, reveló el objeto de su regreso, al buscar ansiosamente con la mirada el fascinante pichel de aloja añeja.

—Pues yo creí que se había marchado usted —respondió el primero, que seguía devorando con algún esfuerzo su pastel de nata.

—Bueno, me lo pensé dos veces y decidí que ya eran bastantes sin mí —contestó de manera confidencial—; y, además, en una noche como esta. Por otra parte, ocuparse de los criminales es asunto del gobierno, no mío.

—Cierto; así es. Pues yo decidí lo mismo que usted, que eran bastantes ya sin mí. No quiero romperme las piernas corriendo por los montículos y los hoyos de esta región salvaje.

—Ni yo tampoco, entre nosotros. Esta gente pastora está acostumbrada (ya sabe, almas sencillas que enseguida se excitan por cualquier cosa). Me lo tendrán listo antes de que llegue el alba, y sin que yo me haya tomado ninguna molestia en absoluto.

—Lo atraparán, y nosotros nos habremos ahorrado todo el trabajo de este asunto.

—Cierto, cierto. Bueno, yo voy a Casterbridge; y ya harán mucho mis piernas si me llevan hasta allí. ¿Lleva usted el mismo rumbo?

—No, lamento decirlo. Tengo que irme a casa, por ahí —hizo con la cabeza un gesto indefinido hacia la derecha—, y pienso lo que usted, que ya es bastante distancia para que la recorran mis piernas antes de la hora de acostarse.

El otro ya había acabado con la aloja que había en el pichel, de modo que los dos se estrecharon la mano efusivamente, en el umbral, y deseándose mutuamente que les fuera bien, cada cual se fue por su camino.

Mientras tanto, el grupo de perseguidores había llegado al final del escarpado cerro que dominaba esta parte de la duna. No tenían decidido ningún plan de ataque en particular; y al darse cuenta de que el hombre de la funesta profesión no se encontraba ya en su compañía, parecían totalmente incapaces de organizar ahora plan alguno de ofensiva. Descendieron por la colina en todas las direcciones, y unos segundos después, varios miembros de la partida cayeron en la trampa puesta por la naturaleza a todo aquel que se extravía a medianoche por esta zona de la formación cretácea. Los *lanchets* o desniveles de pedernal, que rodeaban la escarpadura con espacios de unas doce yardas entre sí, tomaron por sorpresa a los menos cautos que, al perder pie en el despeñadero, infestado de cascotes, se deslizaron violentamente hacia abajo; las linternas rodaron —desde sus manos hasta el fondo— y se quedaron allí, tumbadas.

Cuando se agruparon de nuevo, el pastor, que era el hombre que mejor conocía la región, se puso a la cabeza y guió a los demás por aquellos traicioneros declives. Las linternas, que más que ayudarles en la exploración parecían deslumbrarles y advertir de su presencia al fugitivo, fueron apagadas. Se observó el debido silencio. Y con este orden más racional se adentraron por la cañada. Era un desfiladero poblado de hierba, zarzas y humedad, que podría proporcionar refugio a cualquier persona que lo buscara; pero la partida lo recorrió en vano y ascendió por el otro lado. De aquí prosiguieron la búsqueda por separado hasta volver a reunirse después de un rato y dar parte de sus resultados. La segunda vez que se juntaron, lo hicieron cerca de un fresno solitario, el único árbol de aquella parte de la barranca, plantado probablemente por la semilla que algún ave de paso dejó caer unos cincuenta años antes. Y allí, de pie, junto a uno de los lados del tronco, tan inmóvil como el mismo tronco, apareció el hombre que andaban buscando, su silueta bien dibujada contra el cielo. El grupo se acercó sin hacer ruido y se puso frente a él.

—¡La bolsa o la vida! —dijo con aspereza el guardia, a la inmóvil y silenciosa figura.

—No, no —le susurró John Pitcher—. Nosotros no somos los que tenemos que decir eso. Esa es la fórmula de los maleantes como él, y nosotros estamos del lado de la ley.

—Bueno, bueno —respondió el guardia con impaciencia—; tengo que decir algo, ¿no?, y si tuvieras sobre ti la responsabilidad y todo el peso de la acción, también a lo mejor te equivocarías de frase... ¡Prisionero del tribunal, entrégate, en nombre del Padre..., de la Corona, quiero decir!

Aquel que estaba bajo el árbol pareció ahora advertir la presencia de aquellos hombres por primera vez y, sin darles otra oportunidad para que demostraran su arrojo, echó a andar lentamente hacia ellos. Era, en efecto, el hombre pequeño, el tercer desconocido; pero su terror había desaparecido en gran medida.

—Bueno, viajeros —dijo—, ¿se han dirigido ustedes a mí?

—Sí, ¡tiene usted que venir aquí a hacerse nuestro prisionero, inmediatamente! —dijo el guardia—. Queda detenido, bajo la acusación de no aguardar de manera adecuada y decente en la cárcel de Casterbridge para ser colgado mañana por la mañana. ¡Vecinos, cumplan con su deber y detengan al reo!

Al oír la acusación, el hombre pareció caer en la cuenta de lo que se trataba y, sin decir ni una palabra más, se sometió con extraordinaria docilidad al pelotón de búsqueda, cuyos componentes, con sus varas en la mano, le rodearon por los cuatro costados y le hicieron ponerse en marcha, de regreso a la cabaña del pastor.

Cuando llegaron eran las once en punto. La luz que se veía brillar a través de la puerta abierta y el sonido de voces masculinas en el interior les avisaron, mientras se aproximaban a la casa, que algunos nuevos acontecimientos habían tenido lugar durante su ausencia. Al entrar, descubrieron que la sala de estar del pastor había sido invadida por dos oficiales de la cárcel de Casterbridge y por un conocido magistrado que vivía en la sede más vecina. La noticia de la fuga era ya de dominio público.

—Caballeros —dijo el guardia—, les he traído a su hombre, no sin riesgo ni peligro; ¡pero cada cual debe cumplir con su deber! Está en medio de ese círculo de gente fornida, que me han prestado una ayuda muy valiosa, teniendo en cuenta su desconocimiento de los métodos de la Corona. ¡Hombres, hagan que se adelante el prisionero!

Y el tercer desconocido fue llevado hasta un lugar en el que le diera la luz.

—¿Quién es este? —preguntó uno de los oficiales.

—El hombre —dijo el guardia.

—Desde luego que no —dijo el carcelero; y el primero confirmó su declaración.

—¿Pero cómo puede no ser así? —preguntó el guardia—. ¿Y por qué, si no, se quedó tan aterrado al ver, cantando, al instrumento de la ley que estaba ahí sentado? —y entonces relató el extraño comportamiento del tercer desconocido, cuando había entrado en la casa mientras el verdugo estaba cantando su canción.

—No lo puedo entender —dijo el oficial, con frialdad—. Lo único que sé es que este no es el condenado. Es un sujeto completamente distinto de este otro; un tipo delgado, con ojos y pelo negro, bastante bien parecido y con una voz musical grave, que si la oyeran una sola vez no la confundirían en toda su vida.

—¡Pues, almas del..., era el hombre del rincón de la chimenea!

—¿Eh? ... ¿Qué? —exclamó el magistrado adelantándose después de haberle preguntado los pormenores al pastor, que estaba en el fondo—. ¿No han apresado a ese hombre, después de todo?

—Verá, señor —manifestó el guardia—; es el hombre que estábamos buscando, eso es verdad; y, sin embargo, no es el hombre que estábamos buscando. Porque el hombre que estábamos buscando no era el hombre que había que buscar, señor, si entiende usted mi explicación vulgar; ¡porque el hombre que había que buscar era el hombre del rincón de la chimenea!

—¡Un buen lío en cualquier caso! —dijo el magistrado—. ¡Mejor será que vayan a buscar al otro hombre, inmediatamente!

El prisionero habló entonces por primera vez. La mención del hombre de la chimenea pareció haberle conmovido mucho.

—Señor —dijo avanzando hacia el magistrado—, no se tomen más molestias por mi causa. Ha llegado el momento de que yo también pueda hablar. Yo no he hecho nada; mi delito es el de ser hermano del condenado. Esta tarde, a primera hora, salí de mi casa de Strattsford para dar una caminata hasta la cárcel de Casterbridge y decirle adiós. La noche me sorprendió, y llamé aquí para descansar un rato y que me indicaran el camino. Al abrir la puerta, vi ante mis ojos al mismísimo hombre (mi hermano) al que pensaba encontrar en la celda de los condenados de Casterbridge. Estaba en este rincón; y pegado a él, de tal manera que no podría haber salido, de haberlo intentado, estaba el verdugo que había venido para quitarle la vida, cantando una canción sobre ello y sin saber que el que se hallaba a su lado era su víctima, que le acompañaba para guardar las apariencias. Mi hermano me lanzó una mirada angustiosa, y comprendí lo que quería decir: "No reveles lo que estás viendo; mi vida depende de ello". Quedé yo tan aterrado que apenas si podía mantenerme en pie y, sin saber lo que hacía, di media vuelta y salí corriendo.

Las maneras y el tono del narrador tenían el sello de la verdad, y su relato causó profunda impresión en todos los que estaban a su alrededor.

—¿Y sabe usted dónde está su hermano en estos momentos? —preguntó el magistrado.

—No lo sé. No lo he vuelto a ver desde que cerré esta puerta.

—Yo puedo atestiguar eso —dijo el guardia.

—¿A dónde piensa huir? ¿Cuál es su profesión?

—Es relojero, señor.

—Dijo que era carretero..., el muy pícaro —dijo el guardia.

—Sin duda se refería a las ruedas de los relojes —dijo el pastor Fennel—. Pensé que sus manos estaban pálidas por su profesión.

—Bueno, me parece que no se puede ganar nada con retener a este pobre hombre bajo custodia —dijo el magistrado—; indudablemente, su asunto va con el otro.

Y así, sin más, el hombre menudo quedó en libertad; pero no pareció, en absoluto, menos triste por ello; deducir las preocupaciones que rondaban su cerebro era algo que estaba más allá del poder del magistrado o del guardia, porque tenían relación con otra persona, alguien en quien pensaba con más inquietud que en sí mismo. Una vez hecho esto, y cuando el hombre se hubo ido por su camino, se encontraron con que la noche había avanzado tanto, que consideraron inútil reanudar la búsqueda antes del amanecer.

Al día siguiente, en consecuencia, la búsqueda del ladrón de ovejas se hizo general y tenaz, al menos según todas las apariencias. Pero el castigo pretendido era brutalmente desproporcionado en comparación con la transgresión, y las simpatías de una gran cantidad de campesinos de aquel distrito se volcaron firmemente del lado del fugitivo. Además, su maravillosa frialdad y su osadía al codearse con el verdugo, bajo las inauditas circunstancias de la fiesta del pastor, se ganaron su admiración. De tal modo, puede ponerse en duda que todos aquellos que de manera ostensible estuvieron tan ocupados en recorrer los bosques, los campos y los caminos se mostraran tan concienzudos a la hora de registrar en privado sus propias dependencias y pajares. Circularon historias acerca de una figura misteriosa que se veía en ocasiones en algún viejo sendero abandonado, apartado de las carreteras de peaje; pero cuando se llevaba una búsqueda por cualquiera de estas comarcas sospechosas, nunca se encontraba a nadie. Y así pasaron sin noticias, los días y las semanas.

En resumen, el hombre de voz grave, del rincón de la chimenea, nunca fue capturado de nuevo. Algunos decían que había cruzado el océano; otros, que no, que se había sumergido en las profundidades de alguna ciudad populosa. De cualquier forma, el caballero del traje gris ceniza jamás realizó su trabajo de aquella mañana en Casterbridge, y tampoco se encontró, en ninguna parte, para asuntos de negocios, con el afable compañero que había pasado con él una hora de tranquilidad en la solitaria casa de la cuesta de la barranca.

Hace ya tiempo que la hierba crece verde sobre las tumbas del pastor Fennel y su previsora mujer; los invitados a la fiesta del bautismo, en su mayoría, han seguido a sus anfitriones a la tumba; la niña en cuyo honor se habían reunido todos es ahora una matrona otoñal. Pero la llegada de los tres desconocidos a la casa del pastor aquella noche —así como los detalles relacionados con ello— es una historia que se conoce en la zona rural cercana a Higher Crowstairs, tan bien o mejor que entonces.

Catherine Wells

En épocas victorianas, ser la esposa de un escritor como H.G. Wells no prometía demasiadas posibilidades de brillo propio. Una sociedad tan conservadora como la inglesa, en los últimos años del siglo XIX y los primeros del XX, consagraba a la mujer a un rol meramente contemplativo de los quehaceres del hombre. Sin em-

bargo, el caso de Catherine Wells no fue el apreciado por las clases altas más conservadoras.

Tal vez por las ideas progresistas a las que adhirió el matrimonio Wells, Catherine tuvo una gama de actividades intelectuales con las que podía alejarse del aburrimiento y de la rutina diaria. Fue una artista completa —escribió poesías y cuentos— y era una dama erudita sobre teatro y plástica, muy conocida en los ambientes intelectuales y políticos de la época.

Con 23 años, se casó con H.G. Wells, en 1895, el mismo año en que el escritor inglés publicó su obra más famosa, La máquina del tiempo. *Era una mujer tan sensible como talentosa y su propio esposo fue un admirador de sus escritos.*

Catherine falleció en 1927, sin ninguna publicación propia y con muchos escritos encarpetados. Su esposo, un año después, fue el encargado de recopilar parte de sus relatos y poemas. El libro, titulado The Book of Catherine Wells, *llevaba veintiún cuentos y otros tantos poemas. Su sensibilidad y valores sociales se podían apreciar en cada uno de sus personajes —la mayoría de ellos, mujeres— de sus historias de misterio, con fantasmas benévolos. En el prólogo, el propio H.G. Wells confesaba, con plena admiración: "Creo que nunca, en la obra de ningún escritor, el estado de ánimo ha predominado tanto sobre la acción como en la suya".*

El fantasma

Era una niña de catorce años y estaba sentada en una antigua cama de cuatro columnas, apoyada sobre unas almohadas, tosiendo un poco debido al resfrío y la fiebre que la mantenían allí. Se había cansado de leer a la luz de la lámpara y permanecía reclinada, escuchando los pocos sonidos que podía oír y mirando el fuego de la chimenea. De abajo, más allá del ancho pasillo bastante sombrío, cubierto con paneles de roble, donde colgaban cuadros ocre oscuro en cuyo centro estallaban llameantes unas tremendas contiendas navales, de más allá de la ancha escalera de piedra que terminaba en una pesada puerta chirriante, tachonada de clavos, entraba a veces de la lejanía una ráfaga de música de baile. Primos, primos y más primos se encontraban allá abajo, y tío Timothy, el anfitrión, dirigía la fiesta. Varios de ellos habían entrado alegremente en su habitación a lo largo del día, diciéndole que su enfermedad era "una lástima tremenda", que el patinaje en el parque era "divino, divinísimo", y luego habían vuelto a salir tan alegremente. El tío Timothy fue de lo más bondadoso. Pero... allá abajo, toda la felicidad que la solitaria niña había anhelado tan desesperadamente durante más de un mes, corría como oro líquido.

Contempló cómo parpadeaban y caían las llamas del gran fuego de leños, detrás de la rejilla abierta de la chimenea. Hubo momentos en que tenía que apretarse las manos, para contener sus lágrimas. Había descubierto —ya a su edad empezaba a acumular su pequeño conocimiento femenino— que si tragaba con fuerza y rápidamente cuando las lágrimas se juntaban, entonces sí podía evitar que se le inundasen los ojos. Deseó que alguien viniera a verla. Tenía una campanilla a mano, pero no podía pensar en una excusa posible para hacerla tintinear. Deseó que hubiese más luz en la habitación. El gran fuego la iluminaba alegremente cuando los troncos llameaban hacia lo alto; pero, cuando apenas refulgían, las oscuras sombras se deslizaban desde el techo y se unían en los rincones, contra el revestimiento de madera. Desvió su atención de la habitación hacia el brillante círculo de luz debajo de la lámpara en la mesilla a su lado y a lo gratamente sugestivo que había en la jalea de grosella y en la cuchara, en las uvas, la limonada, el pequeño montón de libros y el amable desorden que allí resplandecía, todo tan reconfortante y cálido. Quizá la señora Bunting, el ama de llaves de su tío, no tardaría mucho en venir de nuevo a sentarse para hablar con ella.

Con toda probabilidad, la señora Bunting estaría más ocupada que de costumbre esta noche, pues había varios invitados adicionales: unos convidados de otra fiesta que llegaron en coche, trayendo consigo una figura romántica, una celebridad, nada menos que un gran personaje: el actor Percival East. La fortaleza de la niña se había desmoronado esa tarde, cuando el tío Timothy le informó que East estaba allí. El tío Timothy se sorprendió; sólo otra niña podría haber comprendido cabalmente lo que significaba que un mero resfrío le negara la oportunidad de conocer en persona a ese caballeroso héroe dramático; otra niña que hubiese rebosado de alegría ante su atrevimiento, llorado ante sus nobles renuncias, sentido felicidad, si bien envidiosa, al ver el abrazo final con la dama amada.

—¡Vamos, vamos, querida niña! —le había dicho el tío Timothy, dándole unas palmaditas en el hombro, muy apenado—. No te preocupes, no te preocupes. Como no te puedes levantar, le pediré que venga a verte. Te prometo que lo haré... ¡Vaya! ¡Qué *atracción* ejercen esos tipos sobre ustedes, mujercitas...! —prosiguió casi para sí mismo.

El revestimiento de madera crujió. Por supuesto, era siempre así en las casas antiguas. La niña era de esa clase de personas temerosas, ligeramente nerviosas, que no creen en los fantasmas y, no obstante, esperan con toda su alma que nunca verán a uno. ¡Pero si hacía mucho tiempo que nadie había venido a visitarla!... Pasarían muchas horas, supuso, antes de que se acostara la otra niña que dormía en la habitación al lado de la suya; ambas piezas se comunicaban entre sí gracias a una puerta que le daba tranquilidad. Si hacía sonar la campana pasarían uno o dos minutos antes de que alguien llegara de los lejanos cuartos de la servidumbre. Una doncella pronto debería cruzar el pasillo, pensó, para arreglar las habitaciones y añadir carbón al fuego de las chimeneas, acompañándose de toda suerte de ruidos. Eso sería agradable. ¡Cómo se aburría una en cama! ¡Qué horrible era, qué insoportablemente horrible, estar atada a la cama, perdiéndoselo todo, perdiéndose toda la brillante y gloriosa alegría de allá abajo! Ante tal pensamiento, tuvo que empezar a tragar nuevamente las lágrimas.

Con una repentina ráfaga de ruido, una tormenta de risas y aplausos, la pesada puerta al pie de la escalera se abrió y se cerró. Oyó unos pasos que subían y unas voces de hombres que se iban acercando. Era el tío Timothy, que tocó a la puerta entreabierta.

—Entren —gritó contenta la niña.

Con el tío se encontraba un hombre de mediana edad, de expresión tranquila y cabello grisáceo. ¡Después de todo, el tío había mandado llamar a un médico!

—He aquí otra de sus pequeñas adoradoras, señor East —explicó el tío Timothy.

¡El señor East! Se dio cuenta de pronto que había esperado verlo llegar envuelto en brocado morado, con el cabello empolvado y volantes de fino encaje. Su tío sonrió ante su expresión desconcertada.

—No lo reconoce, señor East —señaló.

—Claro que sí lo reconozco —declaró valerosamente la niña y se incorporó, sonrojada por la excitación y la fiebre, los ojos brillantes y el cabello desgreñado.

Efectivamente, empezó a ver cómo el recordado héroe del escenario y el hombre de expresión bondadosa se unían como en un mismo retrato. Allí estaban el leve movimiento de la cabeza, la barbilla... ¡Sí! Y los ojos, ahora que los veía finalmente.

—¿Por qué estaban todos aplaudiéndole? —preguntó.

—Porque acabo de prometerles que les voy a dar un susto mortal —respondió el señor East.

—¡Oh! ¿Cómo?

—El señor East —precisó el tío Timothy— se va a disfrazar como nuestro fantasma desaparecido hace tanto tiempo y nos va a proporcionar un rato verdaderamente estremecedor, abajo.

—¿De veras? —exclamó la pequeña, con todo el feroz deseo que sólo puede contenerse en la voz de una niña—. ¡Ay! ¿Por qué me puse enferma, tío Timothy? No estoy realmente enferma. ¿No ves que estoy mejor? He pasado el día acostada. Me encuentro perfectamente bien. ¿Puedo bajar, *querido* tío..., por favor?

Ya casi había salido de la cama, debido a la excitación.

—¡Vamos, vamos, pequeña! —la tranquilizó el tío Timothy, alisando apresuradamente las sábanas y las mantas y tratando de cubrirla.

—Pero ¿puedo?

—Por supuesto, si quieres que te asuste a fondo, pero te aseguro que te daré un susto terrible —empezó a decir Percival East.

—¡Oh, sí, *sí* que quiero! —gritó la niña, saltando en la cama.

—Vendré para que me veas cuando me haya disfrazado, antes de bajar.

—¡Ay, por favor, por favor! —exclamó radiante la pequeña.

¡Una representación privada sólo para ella!

—¿Estará de veras *horrible*? —se echó a reír exultante.

—Tanto como pueda. —El señor East sonrió y se dio la vuelta para seguir al tío Timothy, que ya salía de la habitación—. ¿Sabes? —dijo, manteniendo la puerta abierta y volviéndose hacia ella con burlona seriedad—. Creo que me veré bastante espantoso. ¿Estás segura de que no te asustarás?

—¿Asustarme?... ¿Tratándose de *usted*?—. La chica soltó una carcajada.

El señor East salió de la habitación, cerrando la puerta tras de sí.

—Lalala, lala, lala —canturreó alegremente la pequeña y volvió a escurrirse entre las sábanas, las alisó sobre su pecho y se preparó para la espera.

Permaneció tranquilamente acostada durante un buen rato, con una sonrisa en el rostro, pensando en Percival East y colocando su cara seria y bondadosa en los diversos escenarios dramáticos en que lo había visto. Estaba muy satisfecha con él. Empezó a rememorar detalladamente la última obra en que lo vio actuar. ¡Se veía tan espléndido al luchar en el duelo! No podía imaginárselo con aspecto espantoso. ¿Qué haría para transformarse?

Hiciera lo que hiciese, no pensaba asustarse. El no podría alardear de que la había asustado a *ella*. El tío Timothy estaría también allí, supuso. ¿O no?

Oyó pasos frente a la puerta, a lo largo del pasillo, que luego se perdieron. La gran puerta al pie de la escalera se abrió y se cerró con un chasquido.

El tío Timothy había bajado.

La pequeña siguió esperando.

Un tronco, quemado en el medio hasta convertirse en un hilo rojizo, se partió repentinamente en dos y los pedazos cayeron en las parrillas. La niña se sobresaltó al oír el ruido. ¡Todo estaba tan silencioso! Se preguntó cuánto más tardaría el señor East. Hacía falta que añadieran leña al fuego, pues los pedazos de tronco se habían juntado. ¿Debía llamar? Pero podría entrar justo en el momento en que la sirvienta estuviese arreglando el fuego, y eso arruinaría su llegada. El fuego podía esperar...

La habitación se hallaba muy quieta y, debido al fuego reducido, más oscura. Ya no oía ningún ruido de abajo, porque la puerta estaba cerrada. Estuvo abierta todo el día, pero ahora el último y débil vínculo que la unía con los de abajo se había roto.

La llama de la lámpara dio un repentino y espasmódico salto. ¿Por qué? ¿Estaría a punto de apagarse? ¿Sí?... No.

Esperaba que el señor East no apareciera por sorpresa. Claro que no lo haría. De todos modos, hiciera lo que hiciese, ella no se asustaría..., no se espantaría verdaderamente. Hombre prevenido vale por dos.

¿Fue ese un ruido? La niña se incorporó, la mirada clavada en la puerta. ¡Nada!

Pero sin duda, la puerta se había movido un poco, ¡ya no cuadraba tan perfectamente en el marco! Tenía la seguridad de que se había movido. Sí, se había movido... se había abierto dos centímetros y, poco a poco, mientras observaba, vio que crecía un hilo de luz entre el filo de la puerta y el marco, que crecía paulatinamente y se detenía.

No era posible que entrara por ese espacio, ¿o sí? Debió de entreabrirse por sí sola. El corazón de la niña empezó a latir a toda velocidad. Sólo podía ver la parte superior de la puerta: el pie de la cama le ocultaba la parte inferior...

Su atención se agudizó. De pronto, tan repentinamente como el tiro de una pistola, vio que había una pequeña figura, como un enano, cerca de la pared, entre la pared y la chimenea. Era una pequeña figura con capa, no más alta que la mesa. ¿*Cómo* lo lograba? Se movía lenta, muy lentamente, hacia la chimenea, como si no se percatara de la presencia de la niña; estaba enfundada en una capa que se arrastraba por el suelo, con un sombrero flexible en la cabeza inclinada sobre los hombros. La pequeña se aferró a las sábanas: era algo tan extraño, tan inesperado; soltó una risita jadeante para romper la tensión del silencio... para mostrarle que apreciaba su representación.

El enano se detuvo en seco al oír la risa y giró hacia ella.

¡Ay! ¡Pero qué miedo! Su rostro era de un blanco mortal, un rostro largo y puntiagudo, metido entre los hombros. ¡No había color en los ojos que la miraban! ¿Cómo lo hacía? *¿Cómo* lo hacía? Era demasiado bueno. Se volvió a reír nerviosamente y con un espasmo de terror que no pudo dominar, vio cómo la figura salía de las sombras y avanzaba hacia ella. Se preparó con gran resolución; no debía asustarse por una representación... Se acercaba, era horrible, horrible..., estaba llegando a su cama...

Metió de golpe la cabeza entre las sábanas. Nunca supo si gritó o no...

Alguien tocaba a la puerta, hablando alegremente. La niña sacó la cabeza de las sábanas, sorprendida y avergonzada por su temor. ¡La horrible criatura había desaparecido! El señor East hablaba detrás de la puerta. ¿Qué era lo que decía? *¿Qué?*

—Ya estoy listo —anunció el señor East—. ¿Quieres que entre y empiece?

Arthur Conan Doyle

Desde su juventud, combinó la religión católica con la medicina. En el catolicismo fue formado desde niño, en casa de sus padres y en el colegio de jesuitas. Y se graduó de médico en la ciudad escocesa de Edimburgo, donde nació en mayo de 1859.

Con el flamante título, viajó por las costas africanas como médico naval. Participó en las campañas colonizadoras de Gran Bretaña por Sudáfrica, de donde rescató experien-

cias humanas y medicinales. Sus experiencias medicinales fueron explotadas en conferencias que dio por todo el mundo. En los ratos libres, entre viajes y conferencias, Conan Doyle comenzó a escribir relatos policiales. Y como ha pasado con otros tantos escritores, luego del éxito de su primera novela, Estudio en escarlata, *de 1887, se dedicó de lleno a la literatura.*

En las narraciones que le siguieron se inclinó a las tramas policiales y de misterio, creando climas y escenario ideales para un personaje como Sherlock Holmes. En estos cuentos se notaban los rastros de la formación que recibió en su ciudad natal. Por un lado, tenía el mensaje moral que acompañó a la mayoría de sus obras. Y por otro lado, sus tramas detectivescas se resolvían mediante una deducción lógico-científica. Sherlock Holmes contaba, para la resolución de las tramas policiales, con la ayuda de un médico, el doctor Watson. El detective resolvía los casos mediante el uso del conocimiento científico y la deducción matemática.

La fama de Conan Doyle como escritor, se la debe, sin duda, a su personaje Sherlock Holmes. La moral que aparecía en sus relatos no era otra cosa que una defensa de los valores victorianos, resaltando las costumbres de las clases altas, las políticas occidentales frente a las culturas atrasadas, como las de los países africanos que conoció durante sus viajes como médico naval. Escribió también otros cuentos fantásticos, una novela histórica y unos relatos sobre boxeo, con cierta crítica social a esos mundos marginales de las ciudades inglesas.

En la Primera Guerra Mundial, Conan Doyle perdió a su hijo en los frentes de combate, lo que desequilibró su estado emocional. Por esos años se dedicó a investigar sobre espiritismo, al borde de la alucinación y el delirio. Falleció en 1930, rodeado de personajes que él solo veía y con quienes él solo hablaba.

El embudo de cuero

Mi amigo Lionel Dacre vivía en la avenida Wagram, en París, en esa casita con rejas de hierro y césped en el jardín que se encuentra en la acera de la izquierda cuando se baja desde el Arco de Triunfo. Supongo que existía mucho antes de abrirse la avenida, pues había musgo en sus tejas grises, y los muros estaban descoloridos por el tiempo. Vista desde la calle, parecía pequeña: cinco ventanas en la fachada, si mal no recuerdo, pero por detrás se prolongaba en una amplia sala donde Dacre había dispuesto su colección de libros de ocultismo y reunido los objetos curiosos que eran su pasión y divertían a los amigos. Rico, refinado, excéntrico, había consagrado parte de su vida y de su fortuna a reunir una colección privada, única, de obras sobre el Talmud, la Cábala y la Magia, algunas de las cuales eran extrañas y poseían un elevado precio. Sus gastos lo inclinaban hacia lo maravilloso y lo insólito; me han asegurado que sus experiencias en dirección de lo desconocido franqueaban todos los límites de lo normal y de las buenas costumbres. Nada decía a sus amigos ingleses, pero un francés que compartía sus inclinaciones me ha afirmado que en ese salón adornado con libros y vitrinas se habían perpetrado los peores excesos de las misas negras.

El aspecto físico de Dacre revelaba su interés por los problemas psíquicos. El rostro nada tenía de ascético, pero su cráneo enorme, en forma de cúpula, que se erguía entre los escasos mechones de cabellos como un pico por encima de un bosque de pinos, indicaba un poder mental considerable. Sus conocimientos eran mayores que su sabiduría, y sus facultades netamente superiores al carácter. Los diminutos ojos claros, profundamente hundidos en su cara carnosa, brillaban de inteligencia y de curiosidad jamás satisfecha. Eran los ojos de un sensual y de un egoísta. Pero basta de hablar de él, porque ya murió, el pobre diablo: murió en el momento preciso en que creía haber descubierto el elixir de larga vida. Por otra parte, mi intención no es referirme ahora a su complejo temperamento; quisiera contar un incidente inexplicable que se produjo en el curso de la visita que le hice a comienzos de la primavera de 1882.

Conocí a Dacre en Inglaterra, cuando comenzaba mis estudios en la sala asiria del British Museum, en la época en que me esforzaba por dar un sentido místico y esotérico a las tablas de Babilonia. Varias observaciones hechas al azar, provocaron discusiones a diario, y terminamos por ser amigos. Le prometí ir a verlo en mi próximo viaje a París. Cuando estuve en posibilidad de cumplir mi promesa, llegué a Fontainebleau, pero como los trenes nocturnos no resultaban demasiado prácticos, me rogó que pasara la noche en su casa.

—Sólo puedo ofrecerle esa cama —dijo señalando un ancho diván en la sala—, pero espero que estará cómodo.

Era aquella una singular alcoba, con sus altas paredes cubiertas de libros oscuros. Pero para un aficionado a la lectura como era yo, la decoración resultaba agradable, y yo adoro el olor que desprende un viejo libro. Le contesté que jamás hubiese podido contar con una habitación con mayor ambiente y simpatía.

—Si esta instalación es tan poco práctica como convencional, por lo menos me resultó cara —dijo echando una mirada circular sobre los anaqueles—. He gastado aquí un cuarto de millón para conseguir todo lo que le rodea. Libros, armas, piedras preciosas, esculturas, tapices, cuadros... cada objeto posee su propia historia, y por lo general, una historia interesante.

Estaba sentado a un lado de la chimenea, y yo al otro. La mesa que le servía de escritorio estaba a su derecha; sobre ella había una lámpara que dibujaba un círculo de luz dorada. En el centro se extendía un palimpsesto a medio enrollar, rodeado de diversas cosas de todos los géneros. Entre otras, un embudo como los que se utilizan para llenar las medidas de vino. Parecía de madera negra, y lo rodeaba un anillo de cobre descolorido.

—Vaya un objeto curioso —exclamé—. ¿También tiene una historia?

—¡Ah! Me lo he preguntado muchas veces. Tómelo en la mano, y examínelo.

Le obedecí, y me di cuenta de que el embudo no era de madera, sino de cuero, que el tiempo había secado en grado extremo. Era de buen tamaño, pues una vez lleno debía contener un litro. El anillo de cobre rodeaba la parte más ancha, pero la base del cuello tenía también un adorno metálico.

—¿Qué opina? —preguntó Dacre.

—Supongo que perteneció a un comerciante de vinos de la Edad Media. En Inglaterra he visto unas enormes botellas panzonas del siglo XVII, hechas de cuero, del mismo color y tamaño de este embudo.

—Creo que se remonta aproximadamente a esa misma época —contestó su dueño—, y servía, sin lugar a dudas, para llenar un recipiente. Pero salvo error de mi parte, fue un comerciante muy particular el que lo utilizó para llenar un tonel no menos particular. ¿No ve nada anormal en el cuello?

Lo observé a la luz de la lámpara, y comprobé que en un lugar situado a unos diez centímetros por encima del estrecho anillo de cobre, el cuello del embudo se veía estriado, como si alguien lo hubiese rasguñado con un cuchillo. En ese lugar, la superficie perdía su rugosidad.

—Alguien trató de cortar ese cuello.

—¿Cree usted que quiso cortarlo?

—Está como lacerado, desgarrado. Sea cual fuere el instrumento que se empleó, hizo falta mucha fuerza para imprimir esas señales en un material tan duro. Pero dígame cuál es su opinión. Juraría que sabe más de lo que dice.

Dacre sonrió, y sus ojos maliciosos me revelaron que no me equivocaba.

—En sus estudios de filosofía —me preguntó—, ¿se interesó alguna vez en la psicología de los sueños?

—Ignoraba que existiese una psicología de ese género.

—Querido señor, vea ese anaquel que hay sobre la vitrina de piedras preciosas. Tiene libros que tratan ese tema, desde los tiempos de Alberto el Grande. La psicología de los sueños es una ciencia, igual que las otras.

—¡Una ciencia de charlatanes!

—El charlatán es siempre un pionero. Del astrólogo resultó el astrónomo. Del alquimista el químico. Del mesmerista el psicólogo experimental. El charlatán de ayer es el profesor de mañana. Vendrá un día en que esas cosas sutiles que llamamos sueños serán clasificadas, catalogadas, sistematizadas. Ese día, las investigaciones de nuestros amigos, que ocupan todo el anaquel, dejarán de ser tema de burla para convertirse en los fundamentos de una ciencia.

—Suponiendo que así sea, ¿qué tiene que ver la ciencia de los sueños con un enorme embudo de cuero y un anillo de cobre?

—Se lo diré. Ya sabe que cuento con un

agente que está siempre a la caza de rarezas y curiosidades para mi colección. Hace unos días supe que un comerciante que vive junto al río halló varias antigüedades en una vieja casona situada en el fondo de una calle del Barrio Latino. El comedor de esa casa estaba decorado con un escudo compuesto de rayas rojas sobre un campo de plata; una rápida ojeada demostró que ese escudo perteneció a Nicolás de la Reynie, uno de los altos funcionarios de Luis XIV. Deduje que los demás objetos fueron también de ese jefe de policía, encargado de hacer cumplir las leyes de la época.

—¿Qué más?

—Le ruego que tome en sus manos el embudo y examine el anillo superior. ¿No ve algo que parece una letra?...

En efecto, había algo en el anillo de cobre, que el tiempo casi borró. Sí, podía tratarse de letras. La última de ellas recordaba vagamente a la B.

—¿Distingue usted la letra B?

—Sí.

—Yo también. Estoy seguro de que se trata de una B.

—Pero la persona a quien se refirió tenía una R de inicial.

—¡Exactamente! Y esto vuelve el asunto apasionante. Poseía ese curioso objeto, y sin embargo tenía las iniciales de otra persona. ¿Por qué?

—Lo ignoro. ¿Lo sabe usted?

—Tratemos de adivinar. Un poco más lejos, en el mismo anillo, ¿no ve algo que parece un dibujo?

—Sí. Parece una corona.

—No hay duda de eso. Pero si la mira a la luz del día, se dará cuenta de que no se trata de una corona ordinaria. Tiene un blasón, símbolo de una dignidad social. Está constituido por cuatro perlas alternando con hojas de fresno: es la corona de un marqués. Podemos deducir entonces, que la persona cuya última inicial es una B tenía derecho a portar esa pequeña corona.

—Entonces, ¿ese embudo sin importancia perteneció a un marqués?

Dacre sonrió.

—O a un miembro de la familia de un marqués. Lo deduje del anillo.

—Pero ¿qué tiene que ver esto con los sueños?

¿Debo atribuir el súbito sentimiento de repulsión, de horror irracional que me invadió, a cierta mirada que creí descubrir en los ojos de Dacre, o a una oculta reacción en su comportamiento?

—En muchas ocasiones he recibido informes importantes por conducto de un sueño —contestó el hombre, con ese tono doctoral que tanto le gusta—. Tengo por norma, cuando me asaltan las dudas sobre un detalle material, colocar el objeto a mi lado mientras duermo, y esperar firmemente una iluminación. El método no me parece demasiado tenebroso, aunque hasta la fecha no haya recibido el beneplácito de la ciencia oficial. Según mi teoría, todo objeto que estuvo íntimamente asociado con cualquier paroxismo de emoción humana, feliz o dolorosa, conserva cierta atmósfera que puede comunicarse a una mente sensible y receptiva. Por mente sensible entiendo una mente que no sea precisamente anormal, sino de alguien que posea un carácter ejercitado y culto, como creo que lo poseemos nosotros dos.

—Quiere usted decir que, si durmiese al lado de aquella vieja espada que cuelga del muro, podría soñar con un incidente sangriento en el que participó el arma...

—¡Escogió usted un buen ejemplo! En realidad, con esa espada utilicé el método que le digo, y durante el sueño asistí a la muerte de su dueño: falleció en el curso de una pelea que no pude situar con precisión, pero que creo fue en la época de la Fronda. Si quiere reflexionar sobre ello, algunas de nuestras creencias populares demuestran que nuestros antepasados conocieron esa verdad que nosotros, con nuestra sabiduría, sólo hemos logrado clasificar dentro de la categoría de supersticiones.

—¿Por ejemplo?

—Cuando se pone el pastel de bodas cerca de la almohada, para que se tengan sueños agradables. Pero volviendo a nuestro problema, dormí una noche con ese embudo cerca de mí, y tuve un sueño que proyectó una extraña luz sobre su origen y sobre el uso que de él hicieron.

—¿Qué soñó usted?

—Soñé...

Se interrumpió, y de pronto adoptó una actitud muy interesada.

—¡Se me ocurre una estupenda idea! Sería una experiencia sumamente instructiva. Usted es un sujeto psíquico, y tiene nervios que reaccionan rápidamente a cualquier impresión...

—Nunca he hecho pruebas de esa clase...

—¡Pues lo intentaremos esta noche! ¿Puedo pedirle como gran favor que esta noche ponga a su lado el viejo embudo de cuero?

Su petición me pareció absurda, grotesca, pero una de mis grandes pasiones es el insaciable apetito por todo lo que se refiere a lo fantástico y a lo insólito. Yo no creía en la teoría de Dacre, ni contaba con el éxito de la experiencia. Sin embargo, no me desagradaba hacer un intento. Dacre, con solemne gravedad, acercó un taburete a la cabecera del diván y colocó sobre él el embudo. Seguimos conversando un largo rato; luego me deseó las buenas noches y me dejó solo.

Fumé un cigarro cerca de la chimenea, y medité en las palabras de mi amigo. Por más escéptico que me sintiera, debía reconocer en la seguridad de Dacre algo que me trastornaba. Me sentí impresionado por el ambiente poco común en que me encontraba, por la enorme sala adornada con toda clase de objetos extraños, siniestros a veces. Finalmente, me desvestí, apagué la lámpara y me acosté. Di varias vueltas en la cama, y por fin me dormí. Y ahora permítanme describir con la mayor precisión posible el sueño que tuve. Sus peripecias subsisten en mi memoria con mayor claridad que cualquier escena a la que jamás asistí estando despierto.

Como adorno, una sala abovedada. Las paredes subían formando un ángulo hasta un techo puntiagudo. La arquitectura era basta pero sólida. La sala formaba parte de un gran edificio.

Tres hombres vestidos de negro, con unos sombreros de terciopelo negro, estaban sentados sobre una tarima tapizada de rojo. Tenían un aire solemne, y parecían muy tristes. A la izquierda, dos hombres con un largo hábito portaban unas carpetas aparentemente llenas de papeles. A la derecha, una mujer rubia con extraños ojos azul claro, ojos de niño, miraba hacia donde yo estaba. Ya no era una jovencita, pero se conservaba bastante bien. De carnes firmes y abundantes, mantenía un porte orgulloso y tranquilo, con el rostro pálido pero sereno. Un rostro extraño, que tenía algo de felino, con una sospecha de crueldad sobre la boca recta y delgada y en la barbilla carnosa.

Su vestimenta era amplia y blanca. A su lado, un sacerdote delgado y ferviente le hablaba al oído y alzaba a cada instante un crucifijo a la altura de sus ojos. Ella desvió la mirada para fijarla, más allá del crucifijo, en los tres hombres de negro, que debían ser —según yo presentía— sus jueces.

Los tres hombres se levantaron y dijeron varias palabras que no llegué a escuchar. El del medio era el que hablaba. Luego abandonaron el lugar, seguidos por los dos hombres con los papeles. En ese mismo instante, varios individuos retiraron el tapiz rojo, y luego las tablas que constituían la tarima. Una vez que desapareció esa pantalla, comprobé la presencia de muebles ordinarios: uno de ellos parecía una cama con rollos de madera en cada extremo y una manivela para regular la longitud; otro era un caballo de madera; había igualmente unas cuerdas que colgaban de unas poleas. Se asemejaba a un gimnasio moderno.

Cuando la sala quedó lista, apareció en escena un nuevo personaje. Era un hombre alto y delgado, vestido de negro de pies a cabeza.

Su rostro relucía de grasa y estaba cubierto de manchas. Se conducía con excesiva dignidad, impresionante, como si a partir de su entrada hubiese tomado la dirección de las operaciones. A pesar de su aire bestial y de sus sórdidos ropajes, había llegado para él la hora de dar órdenes. De su antebrazo izquierdo colgaba un manojo de cuerdas. La mujer lo miró con ojos incisivos, pero su fisonomía no se alteró: a su aplomo vino sólo a añadirse algo de reto. El sacerdote, por su parte, había palidecido. Vi el sudor caer sobre su frente. Juntó las manos para rezar, y después se inclinó sobre la dama y murmuró a sus oídos unas palabras.

El hombre de negro avanzó, tomó una de las cuerdas y ató las manos de la mujer. Luego la agarró con fuerza de los hombros y la condujo hasta el potro de madera, que le llegaba por encima de la cintura. La alzó y la tendió sobre la espalda. Ella se limitaba a mirar el techo. El sacerdote, temblando todo su cuerpo, salió de la sala. Los labios de la mujer se movían rápidamente. No oía sus palabras, pero sabía que estaba rezando. Sus piernas colgaban de cada lado del caballo. Los ayudantes ataron sus tobillos a los anillos que sobresalían del piso.

Ante preparativos tan siniestros, mi corazón desfalleció. Fascinado por el horror, no podía desviar mis ojos de aquel cuadro viviente. Un hombre entró, con una cubeta de agua en cada mano. Entró otro, con otras dos cubetas. Depositaron las cuatro a un lado del caballete. El segundo también trajo un objeto que incluso en sueños me recordó algo. Era un embudo de cuero. Y con energía abominable, lo hundió... Fui incapaz de soportar más. Mis cabellos se erizaron de horror. Me retorcí, me debatí, rompí los lazos del sueño y desperté a la realidad lanzando un grito...

Me hallé temblando de terror en la enorme biblioteca. La luna proyectaba su luz pálida por la ventana y dibujaba arabescos de negro y plata en la pared opuesta. ¡Qué alivio sentí al hallarme de vuelta en la realidad, al comprobar que había abandonado la sala medieval por un mundo cuyos habitantes poseían un corazón capaz de inspirar sentimientos de humanidad! Me senté en el diván, estremecido, dominado por un sentimiento repartido entre la gratitud y el miedo. ¡Pensar que tales cosas pudieron suceder sin que Dios castigase a los verdugos que las ejecutaban!... ¿Se trataba de una ficción nacida de mi imaginación, o era un acontecimiento que se produjo realmente en los sombríos días de crueldad? Hundí la cabeza en mis manos temblorosas. Y luego, de pronto, mi corazón dejó de latir. A través de la oscuridad de la biblioteca, alguien avanzaba hacia mí.

Todo el horror acumulado dio fin a la razón humana. Incapaz de razonar, de rezar, quedé inmóvil contemplando la silueta oscura que se aproximaba. Al pasar junto a un rayo de luna recobré el aliento: era Dacre, y en su rostro leí un espanto semejante al mío.

—¿Era usted quien gritaba? ¿Qué le sucedió? —me preguntó con voz que alteraba la emoción.

—¡Oh! ¡Estoy tan contento de verlo! Bajé al infierno, y vi algo horroroso.

—¿Fue usted quien gritó?

—Así lo creo.

—El grito retumbó por toda la casa. Los sirvientes se asustaron —encendió la lámpara.

—Creo que voy a avivar el fuego...

Dejó caer varios troncos sobre las brasas aún encendidas.

—¡Qué pálido se ve usted, amigo mío! Se diría que acaba de ver un fantasma.

—Sí, he visto... ¡Varios!

—¿Quiere decir esto que el embudo de cuero representó su papel?

—Por todo el oro del mundo no volvería a dormir una segunda vez cerca de ese objeto infernal.

Dacre lanzó una risita.

—Di por descontado que pasaría una noche animada —dijo—. Pero se vengó de mí, porque su grito no resultó agradable a las dos de la mañana. Según lo que me cuenta, imagino que vio esa cosa espantosa.

—¿Qué cosa espantosa?

—El suplicio del agua. ¿Aguantó hasta el fin?

—¡No, gracias a Dios! Desperté antes de que la cosa empezara en serio.

—¡Ah, mejor para usted! Yo aguanté hasta la tercera cubeta. Después de todo se trata de una vieja historia. Sus protagonistas hace años que murieron. ¿No tiene idea sobre la escena que presenció?

—El suplicio de alguna criminal. Debió cometer un crimen monstruoso para merecer tal castigo.

—Creo que sus crímenes fueron de acuerdo con su castigo. A no ser que me equivoque sobre la identidad de la dama.

—¿Cómo logró descubrir quién fue?

Por toda respuesta, Dacre sacó un viejo volumen de la estantería.

—Escuche esto, y juzgará si encontré o no la solución al enigma:

"La prisionera fue conducida ante la Cámara del Parlamento, acusada de haber asesinado al señor Dreaux d'Aubray, su padre, y a sus hermanos, uno de ellos teniente civil y el otro consejero en el Parlamento. Parecía difícil creer que fuese autora de crímenes tan monstruosos, pues tenía la mirada dulce, era de pequeña estatura y tenía los cabellos rubios. Sin embargo, la corte la declaró culpable y la condenó a la tortura para arrancarle el nombre de sus cómplices. A continuación la llevaron en carreta a la plaza de Grève, donde fue decapitada, quemado el cuerpo y las cenizas echadas a los cuatro vientos." La fecha de esta acta es del 16 de julio de 1676.

—¡Interesante! —contesté—. Aunque no convincente. ¿Cómo puede probarme que se trata de la misma mujer?

—A eso voy. El relato toma en cuenta el comportamiento de la mujer durante los preliminares del tormento: "Cuando el verdugo se acercó a ella, lo reconoció por las cuerdas que colgaban de su antebrazo, y le tendió las manos sin pronunciar una sola palabra". ¿Eso es lo que vio?

—Sí.

—"Ella miró sin pestañear el caballo de madera y los anillos que habían retorcido tantos miembros y provocado tantos gritos de agonía." Cuando sus ojos se detuvieron en las cubetas que se prepararon, dijo sonriendo: "Toda esa agua debió ser traída aquí con la intención de ahogarme, señor. Supongo que no querrá hacérsela tragar a una mujer tan pequeña como soy yo, ¿verdad?". ¿Sigo con los detalles del suplicio?

—¡No, por amor del cielo!

—Esta frase que le voy a leer le demostrará que el libro describe la escena de la que usted fue testigo la noche pasada: "El buen abate Pirot, incapaz de contemplar los sufrimientos de la condenada, se precipitó fuera de la sala". ¿Convencido?

—Completamente. No hay duda de que se trata del mismo hecho. Pero ¿quién fue esa dama encantadora que conoció tan horrible fin?

Dacre se acercó a mí y puso la lámpara sobre la mesa de noche. Levantó el maldito embudo y le dio vuelta para que la luz iluminase el anillo de cobre. Ahora, los grabados me parecieron más claros que la vez anterior.

—Hemos comprobado que este era el emblema de un marqués o de una marquesa. También hemos establecido que la última letra era una B.

—Sin lugar a dudas.

—Voy a sugerirle algo: las otras letras, vistas de izquierda a derecha, ¿no son acaso una M, otra M, una D, una A, una D, y luego la B final?

—Tal vez tenga razón. Veo la D perfectamente.

—Lo que acabo de leer —dijo Dacre— es el registro oficial del proceso de María Magdalena d'Aubray, marquesa de Brinvilliers, una de las envenenadoras más famosas de todos los tiempos.

Callé. Estaba trastornado por el carácter extraordinario del incidente y por la naturaleza formal de la prueba proporcionada por Dacre. Recordé vagamente algunos detalles sobre la vida de esa mujer, sobre su conducta sin freno, las torturas deliberadas que infligió a su padre enfermo y el asesinato de sus dos hermanos por motivos de interés. Recordé también el valor que manifestó en los últimos momentos, así como la simpatía que todo París le manifestó durante su ejecución: días después de haberla repudiado por envenenadora, los parisienses la bendijeron como a una mártir. Sólo una objeción surgió por mi parte:

—¿Cómo es que grabaron sus iniciales y su blasón sobre el embudo? Supongo que el respeto medieval por los nobles no era tan fuerte como para decorar con sus títulos los instrumentos de su suplicio.

—Ese punto también a mí me intrigó —admitió Dacre—. Pero sólo le encuentro una explicación. El caso suscitó en la época un considerable interés. Nada más natural que ese La Reynie, jefe de policía, conservase el embudo a modo de recuerdo. No era muy frecuente que toda una marquesa tuviese que pasar por la prueba del agua. Y fue por eso que mandó grabar las iniciales de la Brinvilliers, para que las viesen los curiosos. Ya debía estar acostumbrado a tales procesos.

—¿Y esto? —pregunté indicando las señales en el cuello de cuero.

—La Brinvilliers era una tigresa cruel —contestó Dacre mientras se disponía a abandonar la biblioteca—. Y creo que, al igual que las otras tigresas, tenía los dientes puntiagudos y fuertes.

Gilbert Keith Chesterton

Cada vez que en sus cuentos policiales la voz tímida del Padre Brown se hacía escuchar, ya se sabía que se aproximaba la resolución del caso. El Padre Brown era la antítesis del prototipo de detective que difundieron las películas del cine negro de Hollywood: era cura, petiso y tímido, de rostro insulso y no llevaba armas. El primer libro donde incluyó a este personaje fue en El candor del Padre Brown (1811).

Antes de 1811, Chesterton era conocido como periodista por sus colaboraciones en publicaciones de Inglaterra y Estados Unidos. Esos artículos reunían temas tan diversos como ensayos sobre escritores, opiniones políticas o repudios a la cultura de su época. En algún momento manifestó: "Me siento incapaz de escribir acerca de los jardines de holandeses o el juego de ajedrez; pero estoy seguro de que, si lo hiciera, cuanto podría decir o escribir sobre esto llevaría la huella de mi concepción del mundo".

Nada más certero para definir el contenido moral de cada uno de sus escritos. Desde el personaje del Padre Brown, difundió muchas de sus ideas católicas y su visión del mundo en el que le tocó vivir. Con tono predicador y lógica deductivo-matemática, el detective de Chesterton no dejaba caso sin resolver.

Desde su juventud, la preocupación de Chesterton era encontrar una salida moral a una sociedad de principios de siglo, hipócrita y desprovista de los valores de un pasado glorioso. En 1822, vio en la religión católica un posible camino para la salvación de los hombres y las mujeres de su época. A esa religión

La ausencia del señor Glass

La sala de consulta del doctor Orion Hood, el eminente criminólogo y especialista en ciertos trastornos morales, estaba frente al mar, en Scarborough, y tenía una serie de puertas-ventana, amplias y luminosas, por las que se veía el mar del Norte como una infinita muralla exterior de mármol azul verdoso. En esa zona, el mar tenía algo de la monotonía de un friso de ese color. Y la propia sala estaba organizada según un orden inflexible, semejante, en cierto modo, al orden inflexible del mar. No debe deducirse de ello que excluyera del lugar el lujo o incluso la poesía. Ambos estaban presentes, en el sitio que les correspondía. Pero uno sentía que nunca se les permitía dejar su lugar. El lujo estaba presente: en una mesa especial había ocho o diez cajas de cigarros de la mejor calidad, pero colocados con deliberación, de manera que los más fuertes estaban siempre más próximos a la pared y los más suaves más cerca de la ventana. Tres frascos con tres clases diferentes de licor, todos ellos excelentes, permanecían siempre en esa mesa representativa del lujo. Pero las personas imaginativas sostienen que el whisky, el coñac y el ron parecían estar siempre a la misma altura. La poesía estaba presente: el rincón izquierdo de la habitación estaba cubierto con estantes en los que se alojaba una colección tan completa de los clásicos ingleses como la que, en el rincón derecho de la habitación, representaba a los fisiólogos ingleses y extranjeros. Pero si uno sacaba de su fila, un volumen de Chaucer o de Shelley, su ausencia producía un efecto irritante, como una mella en los incisivos de una persona. Uno no podría decir que los libros no se leían nunca; probablemente sí se leían, pero daban la sensación de estar encadenados a sus lugares, como las Biblias en las viejas iglesias. El doctor Hood trataba su biblioteca privada como si fuera una biblioteca pública. Y si esta estricta rigidez científica alcanzaba incluso a los estantes cargados de poemas y de baladas y a las mesas colmadas de bebida y tabaco, no hace falta decir que esa santidad pagana protegía aún más los otros estantes que contenían la biblioteca del especialista y las otras mesas que sostenían los frágiles e incluso etéreos instrumentos químicos o mecánicos.

El doctor Orion Hood paseaba arriba y abajo por su consulta, limitado —como dicen las geografías escolares— al este por el mar del Norte y al oeste por las apretadas hileras de su biblioteca sociológica y criminológica. Iba vestido de terciopelo, como un artista, pero sin nada del descuido propio de los artistas. Tenía muchas canas, pero su pelo era espeso y saludable: su rostro, aunque delgado, era de expresión optimista y alerta.

Todo lo que se refería a él y a su habitación indicaba algo a la vez rígido e inquieto, como ese gran mar nórdico junto al cual (por puras razones higiénicas) había construido su hogar.

El destino, que estaba de ánimo jocoso, empujó la puerta e introdujo en ese largo y estricto aposento, flanqueado por el mar, a alguien que era quizá lo más violentamente opuesto a él y a su dueño. En respuesta a una invitación breve pero educada, la puerta se abrió hacia dentro y apareció, con torpe caminar, una figurita informe, que parecía encontrar su propio sombrero y su propio paraguas tan inmanejables como una enorme cantidad de equipaje. El paraguas era un bulto negro, vulgar y en pésimo estado; el sombrero era de ala ancha y curva, clerical, pero de un tipo poco frecuente en Inglaterra. El hombre, era la encarnación misma de la humildad y el desvalimiento.

El médico contempló al recién llegado con sorpresa contenida, parecida a la que habría mostrado si algún animal marino de gran tamaño, pero inofensivo, se hubiera arrastrado hasta su habitación. El recién llegado contempló al médico con esa expresión sonriente, pero jadeante, que caracteriza a una corpulenta mujer de la limpieza que acaba de lograr meterse en un ómnibus. Es una espléndida combinación de satisfacción social propia y de apariencia física desordenada. Se le cayó el sombrero a la alfombra y el pesado paraguas se le escurrió entre las rodillas, con un golpe sordo. El hombrecillo se lanzó a recoger el primero y se agachó para recuperar el segundo, mientras con una sonrisa inocente en su redonda faz decía lo siguiente:

—Me llamo Brown. Le ruego que me disculpe. He venido por el asunto de los MacNab. Me he enterado de que usted ayuda a menudo a gente con problemas semejantes. Discúlpeme si me equivoco.

Para entonces, ya había recuperado desmañadamente el sombrero e hizo una breve inclinación de cabeza sobre él, a modo de saludo, como si así todo quedara perfectamente en orden.

—Creo que no le comprendo —replicó el científico, con frialdad—. Me temo que se ha equivocado usted de despacho. Yo soy el doctor Hood y mi trabajo es casi enteramente literario y educativo. Es cierto que algunas veces la policía me ha consultado en casos de especial dificultad e importancia, pero...

—Oh, esto es algo de la mayor importancia —interrumpió el hombrecito llamado Brown—. Imagínese, su madre no deja que se prometan en matrimonio. —Y se echó hacia atrás en la butaca con la más radiante expresión de racionalidad.

Las cejas del doctor Hood estaban fruncidas sombríamente, pero, bajo ellas, los ojos brillaban con un fulgor que podía ser fruto de la ira o de la diversión.

—Pues sigo sin entender del todo —dijo.

—Mire usted: quieren casarse —aclaró el hombre del sombrero clerical—. Maggie MacNab y el joven Todhunter quieren casarse. ¿Y qué puede haber más importante que eso?

Los triunfos científicos del gran Orion Hood lo habían privado de muchas cosas, unos decían que de la salud, otros que de Dios; pero no le habían despojado totalmente del sentido del absurdo. Y ante la última apelación del ingenuo cura, se le escapó una risa ahogada y se dejó caer en una silla, adoptando una actitud irónica, de médico llamado a consulta.

—Señor Brown —dijo gravemente—: hace catorce años y medio que se me pidió que atendiera personalmente un problema particular. Y entonces el caso era un intento de envenenar al presidente francés en un banquete ofrecido por un alcalde. Entiendo que ahora se trata de si una amiga de usted, llamada Maggie, es la prometida adecuada para un amigo de ella llamado Todhunter. Pues bien, señor Brown, soy un deportista. Me haré cargo del caso. Daré a la familia MacNab el mejor consejo que pueda, tan bueno como el que di a la República francesa y al Rey de Inglaterra; no, mejor: catorce años mejor. No tengo nada más que hacer esta tarde. Cuénteme su historia.

El curita llamado Brown le dio las gracias calurosamente, pero con la misma y peculiar sencillez. Era más bien como si diera las gracias a un desconocido, en un salón para fumadores, por haberse tomado la molestia de pasarle las cerillas en vez de estar dando las gracias (y a los efectos, así era) al conservador de los Kew Gardens por acompañarle a un prado a encontrar un trébol de cuatro hojas. Sin apenas una pausa tras su cálido agradecimiento, el hombrecillo empezó su relato:

—Le dije que mi nombre era Brown y así es, en efecto. Soy el cura de la Iglesia católica que me imagino habrá usted visto al otro lado de esas calles dispersas que hay a las afueras de la ciudad, hacia el norte. En la última y más apartada de esas calles que corre paralela al mar como un muelle, hay un miembro de mi parroquia, una viuda llamada MacNab, una mujer muy honrada pero de genio bastante vivo. Tiene una hija y alquila habitaciones, y entre ella y los huéspedes...... bueno, me imagino que habría mucho que decir de ambas partes. En estos momentos tiene sólo un huésped, el joven

pletamente segura de que se trata de algo horrible y probablemente relacionado con la dinamita. La dinamita debe ser de no muy buena clase y no ruidosa, porque el pobre muchacho se limita a encerrarse varias horas al día y estudiar algo, tras la puerta cerrada con llave. El afirma que su encierro es temporal y está justificado y promete explicarlo todo antes de la boda. Eso es todo lo que se sabe con certeza, pero la señora MacNab le contará muchas cosas de las que ella está segura. Ya sabe usted cómo surgen las historias cuando sólo hay ignorancia. Hay historias de dos voces a las que se oye hablar en la habitación, aunque, cuando se abre la puerta, Todhunter está siempre solo. Hay historias de un misterioso hombre alto con sombrero de copa, que una vez salió de entre la bruma marina procedente, al parecer, del propio mar, caminando sin ruido a través de la arena, y que atravesó el pequeño jardín trasero, al crepúsculo, hasta que se le oyó hablando con el huésped, por la ventana abierta. La conversación parece que terminó en pelea. Todhunter cerró violentamente la ventana, y el hombre del sombrero de copa desapareció de nuevo entre la bruma del mar. La familia cuenta esta historia con la mayor de las perplejidades. Pero yo creo, en realidad, que la señora MacNab prefiere su propia versión original: que el Otro Hombre (o lo que sea) sale todas las noches del arcón de la esquina, que siempre está cerrado con llave; por lo tanto, ya ve usted cómo esta puerta cerrada de Todhunter se convierte en la puerta de todas las fantasías y monstruosidades de "Las mil y una noches". Y, sin embargo, ahí está el muchacho, con su respetable chaqueta negra, tan exacto e inocente como un reloj de salón. Paga su renta con puntualidad y es prácticamente abstemio. No se cansa nunca de entretener a los niños durante horas y horas, del modo más amable. Además, y eso es lo más importante de todo, goza de todas las simpatías de la hija mayor, que está dispuesta a casarse con él mañana mismo.

El hombre que se ocupa de teorías de largo alcance siente siempre un placer especial en aplicarlas a cualquier asunto trivial. El gran especialista, una vez que hubo decidido mostrarse bondadoso con la simplicidad del sacerdote, lo hizo de la manera más generosa. Se acomodó en su sillón y empezó a hablar con el tono de un profesor algo distraído:

—Incluso en un asunto mínimo, lo mejor es buscar las principales tendencias de la Naturaleza. Una flor concreta puede no estar muerta al principio del invierno, pero las flores mueren en general en esas fechas; un guijarro concreto puede no mojarse con la marea, pero la marea sube. Para el ojo científico, toda la historia humana es una serie de movimientos colectivos, destrucciones o migraciones, como la matanza de moscas en invierno o el regreso de los pájaros en la primavera. Ahora bien, el hecho básico de toda la historia es la Raza. La Raza produce la religión, la Raza genera guerras legales y éticas. No hay ejemplo más fuerte que el del absurdo e ingenuo linaje, en camino de desaparición, al que comúnmente llamamos linaje celta, al cual pertenecen sus amigos los MacNab. Pequeños, morenos, soñadores e inestables, aceptan fácilmente las explicaciones supersticiosas de cualquier hecho, igual que todavía aceptan (discúlpeme por decirlo), la supersticiosa explicación de todos los incidentes que usted y su iglesia representan. No es nada extraordinario que esa gente, con el mar lamentándose detrás de ellos y la Iglesia (perdóneme de nuevo) zumbando delante, den rasgos fantásticos a los que probablemente no son más que hechos normales. Usted, con sus pequeñas responsabilidades parroquiales, sólo ve a esta señora MacNab en concreto, aterrada con la historia de las dos voces y el hombre alto que viene del mar. Pero el hombre dotado de imaginación científica ve, por así decir, los clanes enteros de los MacNab, esparcidos por todo el mundo, tan iguales en su manifestación última como una bandada de pájaros. Ve miles de señoras MacNab en miles de casas, dejando caer su gotita de morbosidad en las tazas de té de sus amigas; ve...

Antes de que el científico pudiera terminar su frase, se oyó llamar fuera de nuevo, más impacientemente que la primera vez. Alguien con faldas crujientes caminaba con precipitación por el pasillo y la puerta se abrió dejando ver a una joven, decorosamente vestida pero con aspecto nervioso y el rostro rojo por la prisa. Tenía el pelo rubio, alborotado por el viento marino, y habría sido realmente hermosa si sus pómulos, como es típico de los escoceses, no hubieran sido un poquito demasiado altos y sonrosados. Su disculpa fue casi tan brusca como una orden.

—Lamento interrumpirle —dijo—, pero tenía que seguir al padre Brown, sin falta; se trata de un asunto de vida o muerte.

El padre Brown empezó a ponerse en pie con cierta agitación.

—Pero ¿qué ha ocurrido, Maggie? —dijo.

—Han asesinado a James, por lo que puedo deducir —respondió la joven, respirando todavía agitadamente tras la carrera—. Ese individuo, Glass, ha estado otra vez con él. Los oí hablando a través de la puerta, con toda claridad. Dos voces distintas, porque James habla bajo, con un tono gutural y la otra voz era aguda y temblorosa.

—¿Ese individuo Glass? —repitió perplejo el cura.

—Sé que se llama Glass —respondió la joven con tono muy impaciente—, lo oí a través de la puerta. Estaban peleándose, por cuestiones de dinero, creo, porque oí a James decir una y otra vez: "Muy bien, señor Glass" o "No, señor Glass" y luego "Dos o tres, señor Glass". Pero estamos hablando demasiado. Debe usted venir inmediatamente y quizá lleguemos a tiempo.

—Pero ¿a tiempo para qué? —preguntó el doctor Hood, que había estado observando a la joven con gran interés—. ¿Qué pasa con ese señor Glass y sus problemas monetarios que impulsan a tal urgencia?

—Traté de echar la puerta abajo y no pude —respondió bruscamente la joven—. Entonces corrí al patio trasero y logré subir al alféizar de la ventana de la habitación. Estaba bastante oscuro y parecía no haber nadie, pero juro que vi a James tirado en un rincón, como si estuviera drogado o lo hubieran estrangulado.

—Esto es algo muy serio —dijo el padre Brown, recogiendo sus escurridizos paraguas y sombrero y poniéndose en pie—. De hecho yo estaba exponiendo sus problemas a este caballero y su opinión...

—Ha sufrido un cambio considerable —dijo con preocupación el científico—. No creo que esta joven sea tan céltica como había supuesto. Como no tengo otra cosa que hacer, me pondré el sombrero y los acompañaré.

Unos minutos después, los tres se acercaban al final de la triste calle de los MacNab, la joven con paso firme y sin aliento como un montañero, el criminólogo con pasos largos y elegantes que recordaban la agilidad de un leopardo y el cura con un trote enérgico, totalmente carente de elegancia. El aspecto de esta zona de las afueras de la ciudad no dejaba de justificar las alusiones del médico a actitudes y ambientes desolados. Las casas dispersas estaban cada vez más alejadas unas de otras, en una línea interrumpida a lo largo de la costa; la tarde iba cayendo con una penumbra prematura y parcialmente lívida; el mar era de un púrpura turbio y producía un murmullo amenazador. En el descuidado jardín trasero de los MacNab, que bajaba hacia la arena, había dos árboles negros con aspecto de no brotar nunca, que parecían manos de demonios levantadas con expresión de asombro. Al correr calle abajo para recibirlos con las delgadas manos en alto, en un gesto similar, y su rostro impetuoso en la sombra, la señora MacNab se parecía también un poco a un demonio. El médico y el sacerdote apenas replicaron a su estridente reiteración del relato de la joven, con detalles más perturbadores de su propia cosecha, a las promesas de venganza alternativamente dirigidas contra el señor Glass por asesinato y contra el señor Todhunter por haber sido asesinado, o contra este último por haberse atrevido a querer casarse con su hija y no haber vivido para hacerlo. Atravesaron el estrecho pasillo de la parte delantera de la casa hasta llegar a la puerta del huésped en la parte trasera y allí, el doctor Hood, con la habilidad de un viejo detective, dio un golpe seco y logró abrir la puerta.

Se encontraron con una catástrofe silenciosa. Nadie que la viera, aunque sólo fuese un segundo, podría dudar de que la habitación había sido el escenario de alguna impactante pelea entre dos personas o quizá más. Había naipes dispersos sobre la mesa o desparramados por el suelo, como si se hubiera interrumpido una partida. Copas de vino en una mesita auxiliar y una tercera, hecha trizas, como una estrella de cristal, sobre la alfombra. A pocos pies de ella había lo que parecía un cuchillo largo o una espada corta, recta, pero con un puño muy adornado y pintado. Su hoja apagada recibía un brillo grisáceo de la deprimente ventana que había detrás, por la que se veían los negros árboles contra la plomiza línea del mar. Un sombrero de copa había rodado hacia el extremo opuesto de la habitación, como si alguien se lo acabara justo de quitar, tanto que uno tenía casi la impresión de que seguía rodando. Y detrás de él, en la esquina, tirado como una bolsa de patatas, pero atado como un baúl facturado, yacía el señor James Todhunter, con una bufanda tapándole la boca y seis o siete cuerdas anudadas en torno a los codos y los tobillos. Sus ojos castaños estaban llenos de vida y se volvieron hacia ellos con expresión alerta.

El doctor Orion Hood se detuvo un instante sobre el felpudo y se empapó de toda la escena de silenciosa violencia. Luego atravesó con rapidez la alfombra, recogió el sombrero de copa y lo puso gravemente sobre la cabeza del todavía cautivo Todhunter. Era demasiado ancho para él, tanto, que casi se deslizó hasta los hombros.

—El sombrero del señor Glass —dijo el médico, volviendo con él y observando el interior con una lupa de bolsillo.

¿Cómo explicar la ausencia del señor Glass y la presencia del sombrero del señor Glass? Porque el señor Glass no es una persona descuidada con su ropa. Este sombrero tiene estilo y ha sido cepillado y lustrado sistemáticamente, aunque no es muy nuevo. Un viejo dandy, diría yo.

—Pero ¡por Dios! —exclamó la señorita MacNab—. ¿Por qué no lo desata usted antes que nada?

—Digo "viejo" con intención, aunque no con certeza —continuó el comentarista—. Es posible que mi razón para usar esa palabra pueda parecer algo atrevida. El pelo de los seres humanos empieza a caer en diversos grados, pero casi siempre cae en pequeña cantidad y con la lupa debería ver los pocos pelos que se depositan en un sombrero que se ha usado recientemente. Este sombrero no tiene ningún pelo, lo que me hace pensar que el señor Glass es calvo. Ahora bien, cuando este dato se une a la voz aguda y temblorosa que la señorita MacNab describió tan atinadamente (paciencia, señorita, paciencia), cuando unimos la cabeza sin pelo al tono de voz común en situaciones de ira senil, pienso que podemos deducir que se trata de alguien entrado en años. Sin embargo, era probablemente vigoroso y, casi con toda seguridad, de elevada estatura. Podría fiarme hasta cierto punto de la historia de su aparición anterior ante la ventana, en la que se le describía como un hombre alto con sombrero de copa, pero creo que tenemos indicios más certeros. Esta copa de vino ha saltado en pedazos por toda la habitación, pero uno de los trozos está en la repisa superior de la chimenea. No podría encontrarse allí si la copa se le hubiera caído a alguien relativamente bajo como el señor Todhunter.

—A propósito —dijo el padre Brown—, ¿no convendría que desatáramos al señor Todhunter?

—Lo que nos enseñan las copas no termina aquí —continuó el especialista—. Puedo decir inmediatamente que es posible que el individuo llamado Glass fuera calvo o nervioso, más a causa de su carácter disipado que por la edad. El señor Todhunter, como ya se ha dicho, es un caballero tranquilo y austero, prácticamente abstemio. Estos naipes y estas copas de vino no forman parte de sus hábitos normales; han sido sacados para un invitado especial. Pero, además, podemos ir aún más lejos. El señor Todhunter puede tener o no tener un juego de copas de vino, si bien no parece poseer vino alguno. ¿Qué era, entonces, lo que debían contener estos recipientes? Yo sugeriría inmediatamente un coñac o whisky, quizá de clase extra, procedente de un frasco de bolsillo del señor Glass. Así tenemos el retrato del individuo o por lo menos, del tipo al que pertenece: alto, entrado en años, a la moda, pero algo ajado, ciertamente aficionado al juego y a los licores fuertes y quizá demasiado aficionado a ellos. El señor Glass es un caballero conocido en los grupos sociales marginales.

—Escúcheme —exclamó la joven—, si no me deja usted pasar para desatarlo, saldré corriendo y llamaré a gritos a la policía.

—No le aconsejaría a usted, señorita MacNab —dijo gravemente el doctor Hood—, que tenga tanta prisa en hacer venir a la policía. Padre Brown, le ruego fervorosamente que controle usted a su rebaño, tanto por el bien del mismo como por el mío. Bien, ya hemos visto algo del aspecto y la condición del señor Glass. ¿Cuáles son las cosas principales que se saben del señor Todhunter? Son sustancialmente tres: que es ahorrativo, que es más o menos rico y que tiene un secreto. Ahora bien, es evidente que aquí nos encontramos con los tres rasgos básicos del hombre bueno, objeto de un chantaje. Y sin duda alguna es igual de evidente que la desgastada elegancia, las costumbres disipadas y la estridente irritación del señor Glass son los rasgos inconfundibles del tipo de hombre que lo somete a chantaje. Aquí tenemos las dos figuras típicas de una tragedia de dinero oculto: por un lado, un hombre respetable con un secreto; por el otro, el buitre de los barrios de moda con olfato para descubrir un secreto. Estos dos hombres se han reunido hoy aquí y se han peleado, a golpes y con un arma desnuda.

—¿Le va a quitar usted las cuerdas? —insistió tercamente la joven.

El doctor Hood volvió a colocar cuidadosamente el sombrero de copa sobre la mesa auxiliar y se acercó al cautivo. Lo estudió atentamente, incluso moviéndolo un poco y volviéndolo a medias por los hombros, pero se limitó a responder:

—No. Creo que estas cuerdas están muy bien hasta que sus amigos policías traigan las esposas.

El padre Brown, que había estado mirando aburridamente la alfombra, levantó su redonda cara y preguntó:

—¿Qué quiere usted decir?

El científico había tomado una extraña daga de la alfombra y la examinó con suma atención al tiempo que respondía:

—Dado que hemos encontrado al señor Todhunter atado, ustedes llegan a la conclusión de que el señor Glass lo ha atado y luego, me imagino, ha huido. Hay cuatro objeciones a esta tesis: la primera, ¿por qué un caballero tan presumido como nuestro amigo Glass olvidaría su sombrero, si se fue por propia voluntad? Segunda —continuó, dirigiéndose hacia la ventana—, esta es la única salida y está cerrada por dentro. Tercera, esta hoja tiene una diminuta mancha de sangre en la punta, pero el señor Todhunter no presenta ninguna herida. El señor Glass se fue herido, vivo o muerto. Agreguemos a todo ello esta probabilidad fundamental: es mucho más probable que la persona chantajeada trate de matar a su víctima y no que el chantajista trate de matar la gallina de los huevos de oro. Esta es, creo yo, una relación bastante compleja del caso.

—Pero ¿y las cuerdas? —preguntó el cura, cuyos ojos muy abiertos expresaban una admiración bastante vacua.

—Ah, las cuerdas —dijo el experto con un tono curioso—. La señorita MacNab insistía en saber por qué no liberé al señor Todhunter de sus ataduras. Pues bien, se lo diré. No lo hice porque el señor Todhunter puede librarse de ellas en el momento en que quiera hacerlo.

—¿Qué? —exclamó su auditorio con diferentes tonos de asombro.

—He observado los nudos del señor Todhunter —reiteró con calma Hood—. Da la casualidad de que entiendo algo de nudos; son toda una rama de la ciencia criminal. Cada uno de esos nudos lo ha hecho él mismo y podría deshacerlos; ninguno de ellos podría haber sido hecho por un enemigo que de verdad quisiera inmovilizarlo. Todo este asunto de las cuerdas es una astuta maniobra para hacernos creer que es víctima de una pelea, en vez del desdichado

Glass, cuyo cadáver bien puede estar oculto en el jardín o escondido en la chimenea.

Se produjo un silencio más bien deprimente; la habitación iba oscureciéndose, las ramas de los árboles del jardín, castigadas por el mar, parecían más delgadas y más oscuras que nunca; sin embargo, semejaban estar más cerca de la ventana. Uno podía casi imaginar que esos monstruos marinos como los kraken o las saepias, pólipos serpenteantes que se habían arrastrado fuera del mar para ver el fin de esta tragedia, del mismo modo que él, el malvado y la víctima de ella —el terrible hombre del sombrero de copa— se había arrastrado un día desde el mar. Todo el aire estaba cargado de un clima de chantaje, que es la cosa humana más morbosa, porque es un delito que encubre otro delito. Un esparadrapo negro sobre una herida negra.

El rostro del curita católico que, generalmente, tenía una expresión agradable e incluso cómica, se había fruncido de pronto, en forma curiosa. No era la curiosidad inexpresiva de su primer candor. Era más bien la curiosidad creadora que acomete a un hombre que empieza a descubrir algo.

—Repítalo, por favor —dijo con tono sencillo y preocupado— ¿quiere usted decir que Todhunter puede atarse y desatarse él solo?

—Eso es lo que quiero decir —dijo el médico.

—¡Dios mío! —exclamó Brown de repente—. ¿Podría tratarse de eso?

Cruzó la habitación como un conejo y miró con nuevo interés la cara parcialmente cubierta del cautivo. Luego volvió su propio rostro, bastante tonto, hacia los otros y exclamó con cierta excitación:

—¡Pues sí, es eso! ¿No lo ven ustedes en su cara? ¡Pero mírenle los ojos!

Tanto el profesor como la joven siguieron la dirección de su mirada. Y aunque la amplia bufanda negra cubría completamente la mitad inferior del rostro de Todhunter, sí se dieron cuenta de que había algo inquieto e intenso en la parte superior.

—La verdad es que los ojos tienen algo raro —exclamó la joven, muy conmovida—. ¡Son ustedes unos brutos! ¡Estoy convencida de que le duele algo!

—Eso no lo creo —dijo el doctor Hood—. Los ojos tienen ciertamente una expresión singular. Pero yo interpretaría esas arrugas de la frente más bien como la manifestación de una ligera anormalidad psicológica del tipo...

—¡Oh, que tontería! —exclamó el padre Brown—. ¿No ven ustedes que se está riendo?

—¿Riendo? —repitió sobresaltado el médico—, pero ¿de qué diablos puede reírse?

—Bueno —replicó el reverendo Brown en tono de disculpa—, para no andarme con rodeos, yo creo que se ríe de usted. Y la verdad es que yo también me siento inclinado a reírme un poco de mí mismo, ahora que ya sé de qué se trata.

—¿Ahora que sabe usted qué? —preguntó Hood, algo molesto.

—Ahora que sé la profesión del señor Todhunter —replicó el cura.

El padre Brown iba de un lado para otro por la habitación, mirando los distintos objetos, con lo que parecía una mirada vacua, y luego invariablemente rompía a reír con una risa igualmente vacua, proceso muy áspero para los que tenían que contemplarlo. Se rió mucho ante el sombrero, aun más ante la copa rota, pero la sangre en la punta de la espada le produjo convulsiones incontrolables de hilaridad. Luego se volvió hacia el médico, que protestaba.

—Doctor Hood —exclamó con entusiasmo—, ¡es usted un gran poeta! Ha creado de la nada, un ser inexistente. ¡Cuánto más propio de un dios es eso que si hubiera usted descubierto los hechos puros y simples! En verdad, los hechos puros y simples son bastante vulgares y cómicos comparados con su explicación.

—No tengo la menor idea de a qué se refiere usted —dijo con bastante altivez el doctor Hood—. Mis hechos son todos inevitables, aunque necesariamente incompletos. Quizá se puede dejar un lugar a la intuición (o a la poesía si prefiere usted ese término), pero sólo porque los detalles correspondientes no pueden comprobarse de momento. En ausencia del señor Glass...

—Eso es, eso es —dijo el curita, asintiendo con entusiasmo—. Esa es la primera idea que hay que retener: la ausencia del señor Glass. ¡Ese señor está extremadamente ausente! Me imagino —añadió con aire reflexivo— que nunca hubo nadie más ausente que el señor Glass.

—¿Quiere usted decir que está ausente de la ciudad? —preguntó el médico.

—Quiero decir que está ausente de todas partes —respondió el padre Brown—.

Está ausente de la naturaleza de las cosas, por así decir.

—¿Quiere usted decir de verdad —preguntó el especialista, con una sonrisa— que no existe tal persona?

El cura hizo un gesto de asentimiento.

—La verdad es que es una lástima —dijo.

Orion Hood se echó a reír con tono despreciativo.

—Bien —dijo—, antes de pasar a las ciento una pruebas restantes, tomemos la primera que encontramos; el primer hecho con el que nos topamos cuando entramos en esta habitación. Si no hay ningún señor Glass, ¿de quién es este sombrero?

—Es del señor Todhunter —replicó el padre Brown.

—Pero no es de su talla —exclamó impaciente Hood—. No podría usarlo.

El padre Brown sacudió la cabeza con inefable suavidad y respondió:

—Yo nunca dije que pudiera usarlo. Dije que era su sombrero. O, si usted insiste en el matiz, que es un sombrero de su propiedad.

—¿Y cuál es el matiz? —preguntó con ligero desprecio el criminólogo.

—Señor mío —exclamó el paciente hombrecito, con la primera manifestación de algo parecido a la impaciencia—, si va usted a la sombrerería más próxima verá que, en la lengua común, hay una diferencia entre el sombrero de un hombre y los sombreros que son de su propiedad.

—Pero un sombrerero —protestó Hood— puede sacar dinero de sus existencias de sombreros nuevos. ¿Qué podría sacar Todhunter de este único sombrero viejo?

—Conejos —replicó inmediatamente el padre Brown.

—¿Qué? —exclamó el doctor Hood.

—Conejos, cintas, caramelos, peces de colores, serpentinas —dijo el reverendo señor, con rapidez—. ¿No se dio usted cuenta de todo cuando vio las cuerdas falsas? Igual ocurre con la espada. El señor Todhunter no tiene ni un rasguño sobre él, como usted dice; pero tiene un rasguño dentro de él, si no me explico mal.

—¿Quiere usted decir dentro de la ropa? —preguntó severamente la señora MacNab.

—No quiero decir dentro de la ropa del señor Todhunter —respondió el padre Brown—. Quiero decir dentro del señor Todhunter.

—Pero ¿qué demonios quiere usted decir?

—El señor Todhunter —explicó plácidamente el padre Brown— está aprendiendo a ser un mago profesional, así como un prestidigitador, un ventrílocuo y un experto en los trucos con cuerdas. Lo de la magia explica el sombrero. No tiene rastros de pelo, no porque haya sido usado por el prematuramente calvo señor Glass sino porque nunca ha sido usado. La prestidigitación explica las tres copas, que Todhunter estaba aprendiendo a tirar al aire y recogerlas en rotación. Pero, como aún no es un experto, estrelló una de ellas contra el techo. Y la prestidigitación explica también la espada, que el señor Todhunter, por deber profesional, debía tragar. Pero nuevamente, mientras practicaba, se arañó ligeramente la garganta por dentro, con el arma. De ahí que tenga una herida dentro de él, aunque estoy seguro (por su expresión) de que no es grave. Estaba ensayando también el truco de soltarse de las cuerdas, como los hermanos Davenport, y estaba justo a punto de liberarse cuando todos irrumpimos en la habitación. Los naipes, por supuesto, son para juegos malabares también, y están dispersos por el suelo porque acababa de practicar uno de esos trucos que consiste en lanzarlos por los aires. Se limitaba a guardar en secreto su oficio porque tenía que encubrir sus trucos, como cualquier otro mago. Pero el mero hecho de que algún paseante ocioso con sombrero de copa hubiera observado una vez por la ventana y hubiera sido alejado con gran indignación bastó para ponernos a todos sobre una falsa pista de fantasía y hacernos pensar que toda su vida estaba dominada por el fantasma del señor Glass, con su sombrero de copa.

—Pero ¿y lo de las dos voces? —preguntó sorprendida Maggie.

—¿No ha oído usted nunca a un ventrílocuo? —preguntó el padre Brown—. ¿No sabe usted que primero hablan con su voz natural y luego se contestan a sí mismos con esa voz estridente, temblorosa y artificial que oyó usted?

Hubo un largo silencio y el doctor Hood contempló al hombrecito que había hablado, con una sonrisa cínica y atenta.

—Es usted ciertamente muy ingenioso —dijo—. No podía haberse hecho mejor en un libro. Pero hay una parte del señor Glass que no ha logrado usted explicar y es su nombre. La señorita MacNab oyó claramente cómo lo llamaba así el señor Todhunter.

El reverendo padre Brown se echó a reír puerilmente.

—¡Ah, bueno! —dijo—. Eso es lo más tonto de esta historia absurda. Cuando nuestro amigo malabarista tiraba tres copas a un tiempo, las contaba a medida que las recogía y también comentaba en voz alta si no lograba asirlas. Lo que en realidad decía es: "Uno, dos y tres, fallé; uno, dos: fallé".* Y así sucesivamente.

Hubo un segundo de inmovilidad en la habitación y luego, todos a una, se echaron a reír, mientras la figura que yacía en el rincón se desataba alegremente de las cuerdas y las dejaba caer con elegancia. Luego, avanzando hasta el centro de la habitación,

* El autor hace un juego de palabras entre "missed a glass" ("se me escapó una copa", en castellano) y "Mister Glass" (Señor Glass"). La pronunciación en inglés resulta parecida (N. del E.).

con una reverencia sacó del bolsillo un gran cartel impreso en azul y rojo, que anunciaba que Zaladin, el Mejor Mago, Contorsionista, Ventrílocuo y Canguro Humano del Mundo presentaría una serie completamente nueva de Números en el Pabellón Imperial, Scarborough, el lunes próximo, a las ocho en punto.

Indice